KB128728

나이 든다는 것에 관하여

나이 든다는 것에 관하여

Altern: Immer für eine Überraschung gut

베레나 카스트 지음 | 김현정 옮김

나이 든다는 것에 관하여

발행일
2024년 8월 20일 초판 1쇄
2024년 9월 15일 초판 2쇄

지은이 | 베레나 카스트
옮긴이 | 김현정
펴낸이 | 정무영, 정상준
펴낸곳 | (주)을유문화사
창립일 | 1945년 12월 1일
주소 | 서울시 마포구 서교동 469-48
전화 | 02-733-8153
팩스 | 02-732-9154
홈페이지 | www.eulyoo.co.kr

ISBN 978-89-324-7521-9 03180

나는 점점 나이 들어 간다. 아직은 내가 늙어 간다는 사실을 아주 크게 느끼지는 않으며, 여전히 많은 것을 할 수 있다. 하지만 내 주변 사람들은 항상 나에게 내 나이를 환기해 주거나 내가 내 나이답게 살고 있지 않다고 지적한다. "아직도 일을 하는 거야? 얼마나 더 오래 일하려고? 아직도 너 자신을 혹사하려는 거야? 그건 스트레스야!" 이 말은 이렇게 들리기도 한다. '그건 네 수명을 고의로 단축하는 걸 수도 있어.' 나는 사람들이 이와 비슷한 말들을 하며 나를 노인으로 '언급'하거나 특정한 연령 모델에 나를 얽매는 것에 반대한다. 아마도 내가 두려워하는 것은 나 스스로 그런 말을 '믿고' 나이를 먹는 내 나름의 방식을 갑자기 의심스럽게 여길 수 있다는 점이다. 나는 이 나이에도 무엇을 하고, 무엇을 즐기고, 무엇을 바라는지 스스로 결정하고 싶다. 이것이야말로 노년기의 자유이며, 나는 이러한 자유를 소중히 생각하고 지키는 방법을 알고 있다.

사람마다 나이 먹는 방식이 다르고, 노년을 꾸려가는 방식도 다르다. 물론 나도 내가 나이 들어 간다는 것을 느끼고 있고, 이는 당연한 일이기도 하다. 나는 몇 년 전부터 여행 도중에 아주 분명히 스스로 이런 말을 하는 내 모습을 발견한다. "다시는 여기에 안 오겠지……." 물론 또 한 번 그곳에 갈 수도 있겠지만, 나는 아직 가 보고 싶은 곳이 너무 많다. 예전에도 매료된 곳이 많았지만 나는 갔던 곳을 다시 찾지 않았다. 하지만 예전에는 이런 말을 하지 않았다. 그때는 시간도, 기회도 아주 많았기 때문이다. 물론 지금도 시간과 기회가 충분하기는 하지만, 더 이상 모든 것을 할 수는 없다. 또한 나는 예전에 비해 '아직'이라는 단어를 훨씬 더 자주 사용한다. 나는 여전히 움직이는 것을 좋아하지만 예전보다 민첩하지 못하다. 예전보다 더 많이 휴식하고, 무언가를 할 때 시간이 더 많이 걸리고, 한 번에 한 가지 일만 한다. 그렇다고 지금까지 내 삶에서 즐거움을 느낀 일들을 계속하지 않을 이유는 없지 않은가?

내가 이 책에서 다루는 나이 듦에 대한 생각들이 모두에게 해당하지는 않을 것이다. 또한 나는 '젊은 노인', 즉 65세에서 84세 사이인 제3의 인생기에 속하는 사람이다. 그다음 85세부터 사망할 때까지는 제4의 인생기가 이어진다. 제4의 인생기에는 삶이 더 힘들어진다고 하는데, 나는 이러한 아주 고령의 나이에 대해서는 그저 가끔 내다보는 정도다.

요즘에는 제3의 인생기가 아주 좋은 나이라는 이야기를 곳곳에서 접할 수 있다. 이 시기에는 육체적, 정신적으로 건강하고 직업 활동에서 해방되어 여행을 많이 다닐 수 있다. 70~80세 사이의 나이인 70대는 인생에서 정서적으로 가장 만족스러운 시기로 간주된다. 처음에는 이 사실이 의아하게 느껴질 수도 있다. 지금 72세인 나는 이러한 관점에서 이 책을 쓰고 있다. 나는 아직 70대가 정서적으로 정말로 최고의 10년인지 판단할 수 없으며, 아마 앞으로도 판단할 수 없을 것이다. 어떻게 이를 비교할 수 있겠으며, 기준이 될 만한 것이 과연 있을까? 비교는 통계적이다. 그렇더라도 이러한 노년기의 이미지가 탄탄한 연구들을 통해 뒷받침되어 이 세상에 제시되는 것을 기쁘게 생각한다.

나이 듦에 대해 우리가 떠올리는 이미지는 노화 과정을 바라보는 우리의 관점에 막대한 영향을 미치며, 나아가 노년기에 대한 기대와 두려움에도 영향을 미친다. 나는 아주 인기 많은 할아버지 밑에서 자랐는데 오늘날의 내가 봐도 어느 정도 지혜롭다고 할 수 있는 분이셨다. 또한 내 주변에는 할아버지나 할머니들과 함께 노는 나를 소중히 여겼던 노인들, 나에게 카드놀이를 가르쳐 주며 취미 생활을 계속해서 즐겼던 노인들도 있었다. 그 노인들은 한 분씩 한 분씩 돌아가셨다. 그때 나는 사람은 죽는다는 사실을 배웠다.

나는 노화를 우리가 도전하고 발전시켜 나가야 하는 하나의 과정으로 간주한다. 그리고 이를 일찍부터 시작해야 훌륭한 노화 단계를 밟을 수 있다고 생각한다. 나는 이미 어릴 때부터 죽음이 존재했기에 삶을 '이별하는 자세로'[1] 살아야 한다는 생각을 중요하게 여겼다. 나는 그때나 지금이나 이러한 생각이 옳다고 느낀다. 놓아 주고 다시 받아들이는 것, 끝내고 다시 새롭게 시작하는 것, 이는 나의 삶, 어쩌면 모든 사람의 삶에 결정적으로 중요하다. 다만 이 주제는 노년기에 훨씬 더 실존적인 문제가 되므로 그 의미에 대해 새롭게 재고해 볼 필요가 있다.

이와 연관된 노년기의 유연성과 창의성은 어떤 모습일까? 바로 이것이 이 책에서 다루는 내용이다. 어떻게 하면 나이 듦을 인정하고 그 과정에서 자신을 잃지 않을 뿐만 아니라 자신의 내면을 계속해서 들여다보고 이해할 수 있을까? 어떻게 하면 노년기에 많은 것을 잃어도 항상 삶을 새롭게 가꾸고 삶의 질을 좋게 유지할 수 있으며, 다른 사람들과 교류하면서 즐거운 동시대인으로 살아갈 수 있을까? 또한 나는 내 개인적인 경험과 더불어 이 문제를 각자의 시각에서 예리하게 바라보는 내 동년배들과의 수많은 대화를 바탕으로 나이 듦에 대한 다양한 주제를 발견했고, 이를 이 책에서 다루었다.

나는 심리치료사로서 이 책을 쓰고 있지만, 노화를 결코 질병이라고 생각하지 않는다. 카를 구스타프 융의 심리학에서는 인생의 후반기를 삶에서 중요한 시기로 이해했다. 즉 인생의 후반기에 접어들면 인간은 내면에 더욱 집중하고, 지금까지 자기 삶에서 펼치지 못했던 것을 받아들임으로써 자기 자신을 더 많이 알게 된다. 오늘날 우리는 노화 과정에서 어떤 변화가 나타나는지 많이 알고 있다. 또 한편으로 자신이 가진 자원이 무엇인지를 묻는 심리 치료 관점에서 노년기에 대한 관점을 새롭게 규정할 수 있을 뿐만 아니라, 자신에게 남은 것이 무엇인지, 원한다면 자신이 가진 자원을 지속해서 유지하는 방법을 제시할 수 있다.

차례

1. 노년에 더 행복해진다는 역설

우리 모두 늙는다는 것은 분명한 사실이다. 즉 우리 몸은 점점 의존적으로 변화한다. 이는 우리가 받아들여야 하는 운명이다. 우리에게 남겨진 시간이 점점 줄어들고 있으며 우리는 마지막을 향해 점점 힘겹게 다가가고 있다. 계단이 점점 가파르게 느껴지고, 블라우스와 셔츠에 달린 작은 단추들을 제대로 잠그기 어려워지고, 이전에 비해 사람들의 말이 더 빠르고 더 작게 들리며, 잇몸이 내려앉아 치아가 길어 보이고, 근육이 약해지며, 더 이상 예전처럼 빨리 걷지 못하고 금방 숨이 차며, 모든 것이 점점 느려지고, 청력과 시력이 떨어지고 점점 더 느리게 반응하며, 전에는 전혀 아프지 않았던 신체 부위에 갑자기 통증이 생겨난다. 또한 심각한 질병이 찾아올 수도 있다.

그렇지만 나는 노화를 질병이라고 생각하지 않고, 각각의 도전 과제가 주어지는 모든 삶의 단계처럼 특별한 도전 과제가 주어진 지극히 정상적인 삶의 한 단계라고 생각한다. 나이가 들면 우리는 쇠약해질 뿐만 아니라 죽음을 맞이하게 된다. 하지만 이처럼 잃는 것이 많다고 해도 노년기에 놀라울 정도로 젊은 시절만큼 행복감을 느끼며, 때로는 행복감을 더 느끼는 경우도 있다. 우르줄라 슈타우딩거Ursula Staudinger는 이를 '행복의 역설Wohlbefindensparadox'[1]이라고 표현했다. 또 다른 연구들에 따르면, 통계적으로 우리는 나이 들수록 점점 더 행복감을 느낀다.[2] 즉 우리는 20세에 행복감을 크게 느끼고, 그 이후부터 삶의 만족감이 꾸준히 감소하다가, 45세 이후부터 만족감이 다시 증가한다. 인생의 후반부, 달리 말하자면 제3의 인생기에는 행복감이 증가한다. 물론 아주 고령이 되면 살짝 줄어들기는 한다.[3] 데이비드 블랜치플라워David Blanchflower와 앤드루 오즈월드Andrew Oswald[4]에 따르면, 통계적으로 볼 때 우리는 80대 초반에 20세에 느꼈던 행복감을 똑같이 느낄 수 있다. 이런 매우 희망적인 진단보다 더욱 중요한 것은 이 행복감이 일차적으로 삶에서 일어나는 행복한 일들과 관련된다기보다는 노화하는 인간에게 나타나는 심오한 변화, 특히 인간적인 변화와 관련된다는 관찰이다. 그것은 무엇일까?

이러한 변화는 카를 구스타프 융Carl Gustav Jung이 설명한 개성화 과정Indiviuationsprozess을 떠올리게 한다.[5] 융은 중년기에 우울증이 더 자주 나타나며, 이러한 우울증의 배후에는 자신이 살아 보지 못한 삶, 즉 지금까지 펼쳐지지 못했던 삶이 숨겨져 있다고 생각했다. 융은 중년기 이후에 내면 세계가 더욱 중요해지고 더 활기를 띠면서 의미에 대한 질문을 하게 된다는 점을 입증하고자 했다. 이러한 새로운 발전은 ─ 꿈과 상상, 그림을 통해 ─ 무의식과 연결됨으로써 가능해진다. 아서 스톤Arthur Stone[6]은 사람들이 중년기에 다시 행복해지기 시작하는 이유가 환경적 조건(이를테면 더 많아진 시간), 심리적 영향(많은 경험과 능력을 쌓으면서 세상을 다르게 인지할 수 있게 된 것), 나아가 생물학적 영향(내분비계의 변화)에 있다고 추측한다.

청년층과 노년층의 행복감을 주제로 가장 의미 있으면서도 탄탄한 연구들을 수행해 온 로라 카스텐슨Laura Carstensen[7]은 노년기의 만족감과 정서적 안정이 자신에게 남겨진 시간이 줄어들고 있다는 인식과 관계 있다고 생각하고, 이러한 인식으로 말미암아 동기 변화가 생겨난다는 것을 증명했다. 즉 살 시간이 얼마 남지 않았기 때문에 자신에게 정서적으로 의미 있는 것이 무엇인지 찾고 그것을 가꾸며 살아간다는 것이다.

이처럼 다양한 학자들이 노화 과정에서도 놀라운 일들이 일어나고, 조화와 풍요로움, 정서적 삶의 활력을 경험할 수 있으며, 이것이 ─ 노화 과정에서 어쩔 수 없이 여러 가지 타격을 감수해야 하는데도—더 큰 행복감으로 이어진다는 사실에 같은 의견을 보였다. 즉 노년기라고 해서 반드시 우울증과 비참함만 있는 것은 아니며 만족감과 행복감을 더 많이 느끼기도 한다는 것이다. 비록 상실을 피할 수는 없지만 말이다. 이는 역설일 수도 있고 아닐 수도 있다. 물론 노화는 사람마다 매우 다르게 보일 수 있다. 그전에도 늘 비참했던 사람은 고령이 되어서도 비참할 수 있다. 반면 확신에 가득 찼던 사람은 노년기에도 이러한 믿음을 이어 갈 수 있다. 흔들리지 않는 강한 신체와 정신을 가진 사람은 변화에 더 쉽게 적응할 수 있다. 말하자면 노화를 미화하지도 악마화하지도 않는 것이 중요하다. 이는 우리가 펼쳐 나가야 할 숙제이며, 이 책은 이러한 도전에 관한 책이다. 이 도전에 맞서는 데 무엇이 우리에게 도움이 될까?

2. 유연한 태도가 만든 탄탄한 발걸음

흔들리는 배 위에서 균형 잡기

바닥이 흔들릴 때는 유연해져야 하고 그 유연함을 유지해야 한다. 나이가 들면 여러 측면에서 바닥이 흔들린다. 바닥이 흔들리는 이유는 종종 느껴지는 어지러움 때문만이 아니라, 나 자신뿐 아니라 다른 사람들에게서도 확실하고 믿을 만하며 의지할 수 있다고 생각했던 많은 것이 흔들리기 때문이기도 하다. 이러한 흔들림에 적응하고 마음속으로 따라가면서 이를 거부하지 않고 유연하게 대처하는 것, 이는 나이 들어 가면서 어쩔 수 없이 맞닥뜨리게 되는 수많은 불확실한 일들 사이에서 균형을 잡는 방법이다.

다음과 같은 상상을 해 보자. 우리는 물 위에 떠 있는 그리 크지 않은 배를 타고 있다. 우리는 자리에서 일어나려고도 하고 자리를 바꿔 앉으려고도 하며, 배에서 내리려고도 한다. 그러면 수면이 움직이고 배가 흔들린다. 만약 이 흔들림을 알아차리고 적응하면서, 우리 몸을 이러한 움직임에 맞춰 가고 흔들림을 그대로 받아들일 수 있다면 우리는 균형을 잡고 물에 빠지지 않을 것이다. 반면 흔들리는 배에서 아주 꼿꼿하게 서 있는 사람은 분명히 물에 빠질 것이다. 나이가 들면 흔들림에 어떻게 대처해야 할지 그 단서를 이 비유에서 얻을 수 있을까?

여기서 유연성은 현재 상황에 적응하고 자신에게 닥치는 일에 대처하며, 삶의 흐름에 동참하면서도 자신의 정체성과 형태를 잃지 않는 것을 의미한다. 본래 유연하다는 것은 부러지지 않기 위해 잘 구부러지고, 언제든지 이전 형태로 되돌아갈 수 있다는 것을 뜻한다. 삶이 요구하는 것들에 동참하면서도 자기 자신을 잃지 않고 유지하는 것이 중요하다. 삶은 끊임없이 움직이며, 특히 나이가 들수록 많은 변화가 발생한다. 외부 생활의 변화, 우리 자신을 대하는 방식의 변화, 몸과 마음의 노화, 주변 사람들의 변화, 그리고 그들의 죽음 등. 이러한 변화 중 많은 것은 예측할 수도 통제할 수도 없기 때문에 유연성 있는 태도가 필요하다.

나이 듦과 유연성을 연결하기는 쉽지 않다. 그보다는 오히려 노인의 고집이나 소심함, 완고한 통제를 이야기하는 경우가 많다. 물론 노인이라는 이유로 고집이 점점 세진다고 말할 수도 있겠지만, 누구나 특정 측면에서는 자신이 중요하다고 여기는 태도에서 벗어나지 않으려고 한다. 우리는 이러한 태도를 고집스럽다고 표현하기도 한다. 사람들은 과도하게 단호한 태도로 자신을 두렵게 만드는 것에 맞설 수 있기를 기대한다. 나는 노인이든 젊은이든 고집은 누구나 갖고 있다는 의견이다. 그런데 우리가 '고집'이라는 표현을 사용한다는 것은 그 고집스러운 사람을 어떻게 상대해야 할지 모른다는 뜻이기도 하다. 고집스러운 사람은 삶이라는 톱니바퀴에 뻣뻣하게 서서 몸을 구부릴 줄 모른다. 이런 태도는 삶의 흐름을 방해한다. 고집스러운 사람과는 협상이나 대화를 할 수가 없기 때문이다. 우리는 일반적으로 단호하게 거절하는 사람을 유연하게 대할 수 없다. 그러면 해결책을 함께 찾을 수도 없고, 어려운 상황에 맞서 균형을 함께 잡을 수도 없다.

그에 비해 노년기의 유연성이란 '의식적인' 유연성이라고 할 수 있다. 이러한 유연성은 약점과 부족함을 참작하고 완벽주의와는 거리를 두며, 필요한 경우 양보하고 넘어질 위험을 감수하고, 확실하게 더 탄탄한 발걸음을 찾도록 해 준다. 또한 이러한 유연성을 갖게 되면 삶 속의 다양한 변화를 침착하게 받아들이면서도 일관성을 유지할 수 있다. 이를테면 많은 변화 속에서도 자기 인성을 비롯하여 우리가 지키고 싶은

2. 유연한 태도가 만든 탄탄한 발걸음

것들을 일관적으로 유지할 수 있다.

창의적 태도가 주는 확신

'창의적이다'라는 말을 할 때 우리는 종종 어떤 결과물을 떠올리는 경우가 많다. 예컨대 새로운 이론을 세우고, 소설을 쓰고, 그림을 그리고, 오페라를 작곡하는 식이다. 이러한 일을 하는 사람들이 창의적이라는 사실에 우리는 모두 공감한다. 또한 창의적이라는 것은 어떤 관점을 가지는 일종의 태도이자 모든 사람이 가질 수 있는 태도이기도 하다. 즉 관심 있는 것을 새로운 방식으로 이해하고, 이를 꿰뚫어 보려고 하며, 기존의 것과 연관해 다른 관점에서 바라보고 느낄 수 있는 태도다. 창의적인 태도를 갖게 되면 주어진 것을 당연하게 받아들이는 것이 아니라, 이를 어떻게 바꿀 수 있는지, 새로운 관점으로 기존의 것을 어떻게 다르게 인지할 수 있는지, 다시 말해 삶에 더 유용하고 활기찬 인식을 얻는 방법에 중점을 두게 된다. 모든 것이 달라지고 새로워질 수 있을뿐더러 이러한 창의적 태도로 접근하면 거슬리던 것도 흥미롭게 느껴져 관심 있게 다루는 계기가 된다. 즉 복잡한 삶의 상황에서 해결책을 찾아 다시 딛고 일어서는 실질적인 방식을 취하기도 하고, 무의미하게 느껴지는 상황, 이를테면 사랑하는 사람의 때 이른 죽음에 어떻게든지 의미를 부여해 보려고 하거나 처음에는 의미를 찾지 못하더라도 삶을 살아 나가기로 결심하는 영적인 방식을 취하기도 한다.

창의적인 태도를 갖게 되면 우리가 자기 삶의 주인이 되어 스스로에게 항상 영향을 줄 수 있다는 확신, 영원한 것은 없으며 모든 것이 바뀔 수 있다는 확신이 생겨난다. 반대로 생각해 봐도 마찬가지다. 창의적인 태도를 가진 사람들은 대부분 무의식적으로 지금 상태 그대로 남는 것은 거의 없다고 확신하지만, 그렇다고 이러한 인식 때문에 자신의 인성과 삶의 토대를 빼앗기지는 않는다고 믿는다. 나에게는 무슨 일이든 일어날 수 있고, 나는 어떻게든지 그 상황을 극복할 수 있다는 것. 우리는 창의적인 태도로 이러한 확신을 갖게 된다. 이를 통해 우리는 끊임없이 예상되는 변화를 두려워하지 않고 일단 변화가 닥치면 차분하게 대처할 수 있다. 물론 모든 변화에 이렇게 대처할 수는 없다. 예를 들어 갑작스럽게 질병이 생기거나 가까운 사람을 잃게 되면 우리는 충격과 두려움에 빠지기도 한다.

3. 통제할 수 있는 것과 통제해야 하는 것

대비하는 것과 미리 걱정하는 것

신체를 통제하는 힘이나 일상생활에 대처하는 능력이 이전에 비해 더 자주 떨어지거나 아예 상실되는 경험을 하면 통제력이 필요하다는 생각이 절실해진다. 노후를 위한 특별한 통제 형태 중 하나는 대비다. 노인들은 으레 노후를 미리 대비해 두었고, 이제 충분하다고 말하곤 한다. 마치 겨울이 오기 전에 미리 대비하여 난방 재료를 비축하듯이 말이다. 겨울이 다가오듯 노후도 우리를 찾아오기 마련이다. 하지만 우리는 나이가 들수록 더 이상 모든 것에 예전처럼 대비할 수 없음을 알게 된다. 물론 몇 가지는 미리 대비해 둘 수 있다. 이를테면 생계를 유지할 수 있는 충분한 돈, 주거의 안정, 많은 도움이 필요한 상황이 오면 어떻게 살고 싶은지에 대한 생각 등이다. 하지만 실존적 경험에 대비하는 것은 그보다 어렵다. 물론 고령이 되면 친구와 배우자가 죽게 되고 안정감을 주는 중요한 유대가 끊어질 수밖에 없다는 사실을 누구나 알고 있지만, 이러한 상황에 진정으로 대비할 수는 없다. 자기보다 나이가 더 적은 사람들과 교류하며 인맥을 넓힐 수도 있겠지만, 이조차 상실감으로부터 우리를 보호해주지는 못한다.

운명에는 사실상 대비할 수 없다. 하지만 좋은 경험과 우리가 느꼈던 기쁨, 마음속의 보물들을 축적하여 힘겨운 날에 대비하는 것은 가능하다. 그런데 대비에는 양면의 얼굴이 존재하기도 한다. 대비하는 것, 미리 걱정하는 것, 더 힘든 시기를 미리 내다보는 것은 그 시기가 닥쳤을 때 더 이상 걱정할 필요가 없다는 점에서 의미가 있다. 그러나 미래를 걱정스럽게 바라본다는 것은 다음과 같은 의미이기도 하다. 이전에는 스트레스를 받는 정도로 그냥 넘겼을 사소한 약점들이 자신의 능력과 가능성이 점점 줄어드는 시기의 전조 증상처럼 여겨진다는 것이다. 언제까지 잘 지낼 수 있을까? 얼마나 더 잘 버틸 수 있을까? 1년 후에도 내가 이렇게 잘 지낼 수 있을까? 이는 대비가 아니라 극심한 걱정이다! 물론 언젠가는 많은 것이 순조롭지 않을 때가 올 것이다. 그러나 자꾸 걱정만 하다 보면 아직 주어져 있는 것, 삶을 풍요롭게 만드는 것을 더 이상 즐길 수 없다. 세네카Seneca는 이미 이에 대해 다음과 같이 경고했다. "언젠가는 불행해질 것이 분명하니, 지금부터 미리 불행해하는 것은 의심의 여지 없이 어리석은 일이다."[1]

노후에 대한 고민은 어려운 문제다. 우리는 '잘 늙고' 싶어 하고, 노후에 무엇이 중요할지 알고 싶어 한다. 하지만 막상 우리가 하는 행동들을 살펴보면 자신을 이미 노인으로 여기면서 결핍을 미리 예견하고, 노년기가 매우 여러 단계로 이루어져 있다는 사실을 잊고 노년기 자체를 일반화해 버린다. 또한 노후에 관한 생각을 아예 하지 않으려고 하거나, 자신을 이미 아주 늙은 사람으로 여기며 심지어는 죽음까지도 생각한다. 그 결과 삶이 펼쳐지는 지금 이 순간이 어둡게 가려진다. 이에 대해 세네카는 자신의 저서 『인생의 짧음에 관하여 De brevitate vitae』에서 내일에 매달린 기대가 오늘을 파괴한다고 지적한다.[2]

그 반대도 마찬가지다. 오늘의 두려움은 미래를 현재보다 더 암울하게 그리는 상상력을 발동시킨다. 현재에 대한 두려움은 미래를 열어 두지 못하게 하고, 어려움에 유연하게 대처할 여지를 주지 않을 뿐만 아니라 놀랍도록 좋은 경험을 할 여지도 주지 않는다. 우리가 두려움 없이 노년에 도달하기 위해 노후 대비를 한다면 삶의 한 구간을 소중히 여기지 못하고 그

가치도 보지 못하는 결과로 이어질 수 있다. 미래의 불행을 가능한 한 피하려고 애쓰면서 미래를 최대한 통제하려고 하기 때문이다.

신뢰를 꿈꾸다

우리는 얼마나 많은 것을 두려워하는가? 우리는 우리 자신에 대해, 또 우리와 친하다고 느끼는 사람들에 대해 끔찍한 시나리오를 상상할 수 있다. 이러한 공격적인 상상은 종종 두려움을 유발하기도 한다.[3] 예를 들어 한 노인이 자신의 두 아들이 자동차 사고를 당하는 상황을 상상한다. 그는 사고 장면을 아주 상세하게 상상한다. 상상 속에서 두 아들은 장애를 가지게 되며, 그는 아들들에게 아무 도움을 줄 수 없을 것이고 자신도 더 이상 도움을 받을 수 없게 될 것이다. 노인은 이런 일이 일어나지 않기를 바란다. 만약 그런 일이 발생한다면 그의 곁에서 도움을 줄 사람이 아무도 남지 않을 것이기 때문이다. 이런 상상을 하면 노인은 몹시 화가 난다. 그런데 왜 그는 이런 공격적인 시나리오를 상상할 수밖에 없을까? 그는 아마 이 시나리오를 공격적인 것이 아니라 걱정이라고 생각할 것이다. 하지만 이러한 상상은 파괴적인 장면들로 가득 차 있다. 이는 다가오는 죽음, '불멸의 파괴자'[4]로 간주되는 죽음에 대처하는 한 가지 형태일까? 우리는 두려움을 피하려고 하지만, 바로 그렇게 하면서 두려움을 만들어 낸다.

통제 욕구는 점점 버거워지는 일상을 극복하는 것뿐만 아니라, 두 가지 근본적인 두려움, 즉 버림받고 소외당할지도 모른다는 두려움과도 관련이 있다. 우리는 버림받고 소외당한다는 느낌을 받지 않기 위해 인간관계를 '통제'하는 상상을 한다. 이는 아들들에게 일어날지도 모르는 사고를 상상하고, 그러한 상상으로 바로 그 사고를 막으려는 노인의 경우처럼 모순적이다. 하지만 이러한 상상을 하면서 노인은 더 불행하고 불안해지기만 한다.

어떤 노인들은 일상에서 더 현실적인 방식을 택한다. 이를테면 자신과 관계를 맺고 있는 주변 사람들에게 자신이 얼마나 필요한 사람인지를 분명하게 전하려고 한다. 이때 친절한 눈빛과 함께 편안하고 사랑스럽게 마음을 전한다면 기존의 관계가 강화되고 친밀감이 높아질 수 있다. 그러나 불안한 마음으로 책망하고 요구하고 집착하는 방식으로 한다면 친밀감이 형성되지 않고 홀로 남게 되며, 나아가 소외감을 느끼는 등 정반대의 결과로 이어질 것이다. 자신을 스스로 소외시키지 않고 항상 자신을 주변 세계의 일부로 인식하며, 언제든지 자신의 아이디어와 생각을 드러내는 것이 중요하다. 또한 항상 융통성 있게 행동해야 한다. 혼자 있으면서 나름의 생각과 상상을 마음껏 하되, 필요한 경우에는 다시 관계를 맺고 참여하는 것이 중요하다.

이보다 더 좋은 것은 자신과 다른 사람들을 위해 신뢰를 품는 능력을 키우는 것이다. 그렇게 하면 스스로 자신의 삶에 영향을 미칠 수 있다고 믿게 된다. 또한 신뢰를 꿈꾸면 자신감이 높아질 뿐만 아니라, 삶의 변화에 긍정적으로 대응할 수 있다는 믿음, 즉 유연성이 커진다. 어떤 사람들은 어린 시절부터 확신에 가득 차 있고, 인생이 언제나 좋은 일들로 가득하고 자신뿐만 아니라 다른 사람들에게도 좋은 면이 있다고 믿는다. 이들은 친절한 시선으로 삶과 자신을 바라보며, 약점과 두려움이 점점 더 늘어나는 것에 대해서도 우호적인 시각을 가지고 있다.

신뢰를 갖는 것에 그다지 능숙하지 않은 사람이라면 적어도 신뢰를 가져 보기로 결심할 수 있다. 나이가 든 사람들은 자신의 삶을 유능하게 살아왔고, 많은 상황에서 자신과 다른 사람들을 신뢰하게 되는 계기가 생기는 것을 경험하기도 했다. 우리 삶을 기억 속에서 돌이켜보면[5] 어떤 상황에서 특히 자신을 믿을 만하다고 느꼈는지, 자신을 신뢰할 수 있어서 기뻤던 때는 언제였는지, 또한 예상과 달리 사람들에게 많은 신뢰를 받았던 때는 언제였는지를 알게 된다. 불신과 신뢰 중 어느 것이 온당한지 결코 명확하게 결정할 수 없다는 사실 앞에서 신뢰를 가져 보기로 결심하고, 불신보다 신뢰가 우세한 세상에서 살고 싶다고 표현하는 것이 지혜로울 수 있다. 현실적으로 말하면 내가 모든 것을 통제할 수 없더라도 어려움 속에서도 내 삶에 선한 영향력을 발휘할 수 있으며, 그렇게 함으로써 다른 사람들이 나를 자주 찾을 정도로 내가 매력적인 사람으로 남을 수 있음을 믿는 것이다. 통제할 수 있는 것과 통제해야 하는 것, 의연하게 받아들일 수 있는 것과 반드시 받아들여야 하는 것을 차츰 알아 가는 것이 노년의 지혜라고 할 수 있을 것이다.

받아들이는 능력

° 85세의 한 여성이 내게 '내일' 어떻게 될지 궁금해하지 않기로 한 후부터 훨씬 더 평온해지고 쾌활해졌다고 말했다. 어느 날 아침 그녀는 잠에서 깨이니 이

렇게 혼잣말을 했다고 한다. "어차피 어떻게 될지 알수 없어. 융통성을 가져야 하고 새로운 상황에 적응해야 해. 사실 나는 그런 면에서 늘 아주 잘해 왔어." 물론 새로운 일이 닥치면 긴장하게 되는 문제도 있지만, 이를 극복하는 방법을 배워야 한다고 생각했다. 그녀가 마음에 새기고 싶은 이 새로운 삶의 지혜 ─ 자신에게 닥치는 일을 그대로 받아들이고 유연하게 대처해야 한다 ─ 는 그녀의 꿈에서 비롯된 것이다.

노인뿐만 아니라 심한 병에 걸린 사람들은 늘 이렇게 말하곤 한다. "있는 그대로 받아들일 수밖에 없어." "나는 하루살이 삶을 살아가고 있어." 이런 말 뒤에는 어떤 뜻이 숨겨져 있을까? 지혜? 체념? 자포자기? 다른 사람들, 특히 젊은 사람들은 미래를 아직 계획할 수 있지만, 노인인 나에게는 미래의 시간이 얼마남지 않았기 때문에 긴 계획을 세울 수 없으며, 더 이상 즐거운 마음만으로 미래를 바라볼 수 없다. 그렇지않은가? 하루하루를 있는 그대로 받아들이라는 말은 분명 일리가 있다. 이를테면 주변 사람들에게 더 이상너무 큰 기대를 하지 않는다면 이러한 기대에 어긋나더라도 실망하는 일이 없을 것이다. 그렇다면 설렘은어떨까?

설렘은 삶을 경이롭게 해 주는 묘약이다. 설렘은 상상력에서 비롯되며, 인간 고유의 산물이다. 여기서 중요한 것은 설렘을 그 자체로 소중히 여기는 것이다. 즉 우리가 꿈꾸던 대로 이루어져야 한다는 생각과 연관시키지 않는 것이다. 이 두 가지는 서로 다른 상황이다. 우리가 설렘을 즐길 수 있다면 — '그저' 봄이나 봄에 피는 꽃에 대한 설렘일지라도 — 그러한 설렘은 그 자체로 가치 있는 경험이다. 봄에는 비도 자주 내린다. 하지만 그렇다고 해서 봄에 대한 설렘이 훼손되지는 않는다. 적어도 설렘을 느꼈으니까. 우리는 설렘을 망칠 수도 만회할 수도 없다. 기대를 너무 많이 하면 실망을 느끼게 되고, 그렇다고 기대를 아예 하지 않으면 마음이 가난해진다.

그날그날 일어나는 일에 유연함과 열린 마음을 가져 보라. 매일매일 다른 일이 일어나는 것은 당연한 사실이다. 미래를 통제하려는 마음을 버리면 지금 어떤 '흥미로운 일'이 일어나는지 호기심을 갖고 바라볼 수 있다. 새로이 경험하는 결함이나 불편함을 '흥미롭다'는 관점에서 한번 바라보는 것, 우리가 관심 가질 만한 무언가로 이해하는 것은 어쩌면 삶의 기술일지도 모른다. 그러기 위해서는 유연한 태도로 지금의 주어진 상황에 끊임없이 새롭게 적응해야 한다. 이는 모든 세대가 지녀야 할 자세지만, 특히 노년기에 필요하다. 자신이 그렇게 할 수 있다는 믿음, 변하지 않을 것만 같은 상황에 대처할 때 항상 새로운 아이디어가 자신에게 떠오를 것이라는 믿음, 그리고 자신이 일종의 삶의 기술을 개발하여 어떤 일이 닥쳐도 삶에 대처하는 전문가가 되었다는 믿음을 갖는 것이 중요하다. 사실 잘 생각해 보면 고령자들은 이미 삶에 대처하는 상당한 능력을 입증한 것이나 다름없다. 그렇기 때문에 상황이 더 어려워지더라도 스스로 많은 것을 할 수 있을 거라고 생각할 수 있다.

절망하면서 하루하루를 삶의 피해자인 양 방관하며 살아가는 대신 '나는 유연해져야 해.', '나는 분명 유연해질 수 있어.'라고 말한다면 엄청나게 큰 차이를 만들 수 있다! 유연해지겠다는 결심과 허용 속에는 남아 있는 짧은 시간 동안에도 자기 삶을 가꾸어 나갈 수 있다는 확신이 녹아 있다. 그렇게 되면 하루하루를 다가오는 그대로 받아들이게 된다. 하지만 이는 다른 선택의 여지가 없어서 우울한 기분에 움츠러들어 인생 전체가 마치 하루로 줄어든 것처럼 매일을 그저 방관하듯 바라보는 우울한 승낙과 절대로 같지 않다.

어떤 일이 닥치더라도 유연하게 대응하는 태도에는 하루하루를 있는 그대로 받아들일 수 있다는 신뢰와 관심이 담겨 있다. 때로는 무언가를 해야 할 때도 있고, 그저 창밖을 바라보며 세상을 즐기거나, 피곤한 탓에 해야 할 일을 하지 않을 수도 있다. 우리에게 아름답게 보이는 것을 위해 아주 긴 시간을 내어 주면 아름다움을 위한 시간을 갖는다는 것이 무엇인지, 그 아름다움이 자신을 어떻게 에워싸는지 알 수 있게 된다. 오늘 하루는 나에게 또 무엇을 선사할까? 나는 오늘 하루를 어떻게 살아야 할까? 극복해야만 할 일이 있을 때 어떻게 대처해야 할까? 이를 위해서는 창의력이 필요하다. 즉 일상을 대처하고 겪어 내려면 창의력이 요구된다.

예전과 똑같을 필요는 없다

앞에서 언급했던 흔들리는 배의 비유는 유연성뿐만 아니라, 우리가 어떤 것을 완강하게 고집하고 뻣뻣하게 버티며 파도의 흐름을 타지 못할 때 생기는 위험도 보여 준다.

°한 능숙한 서퍼가 이렇게 이야기한다. "파도가 좋으면 파도를 즐기며 서핑을 하다가 어느 순간 해안으로 떠밀려도 전혀 문제가 되지 않습니다. 하지만

파도가 좋지 않고 이미 파도에 압도당했다면, 파도에 맞서지 말고 그냥 파도에 자신을 맡기고 가끔 숨을 고르며 파도가 당신을 해안으로 데려다주도록 내버려 두십시오. 파도는 해안에 닿으면서 어쩌면 당신을 내동댕이칠 수도 있을 겁니다. 하지만 당신은 이 사실 하나는 믿어도 됩니다! 당신이 해안에 도달할 것이라는 사실을요! 거친 파도에 일단 휩쓸리면 자신을 그 파도에 맡겨야 합니다. 파도에 맞서 싸우게 되면 너무 많은 에너지가 소모되고 나쁜 결과를 가져올 수 있습니다."

아주 거친 파도라도 파도의 흐름을 함께 타는 것, 즉 파도에 적응하고 유연하게 대처하며 두려움을 떨치는 것, 살아서 해안에 도달할 수 있다는 믿음을 갖는 것이 중요하다. 노년기에 필요한 것은 더 많은 통제력도 더 많은 자제력도 아니며, 꼿꼿한 자세로 서서 그저 '노인' 대접을 받으려고 해서도 안 된다. 노년기에는 무엇보다 유연성이 필요하다. 많은 것이 변화하고 통제가 더 이상 불가능하기 때문이다. 노년기에 가져야 하는 것은 예측할 수 없는 것에 적응하고 이를 헤쳐 나갈 수 있다는 희망, 변화에 대처할 방안을 떠올릴 수 있다는 믿음, 많은 문제가 어쩌면 다른 차원에서 다시 저절로 풀릴 것이라는 희망이다.

"예전하고 똑같으세요." 사람들은 90세 노인에게 이렇게 말한다. 이 말을 들은 노인은 행복해하고 계속해서 예전의 모습을 유지하기 위해 노력한다. 노인은 정신을 가다듬고 집중하려고 노력하며 낮잠을 잘 필요가 없다고 강력하게 말하지만, 대화 중에 졸다가 깜짝 놀라며 깨어나서 부끄러운 듯 변명거리를 찾는다. 예전 자신처럼. 가족들, 특히 젊은 가족 구성원들에게는 그 나이에도 다양한 관심사와 하고 싶은 일이 있는 활기찬 90세 노인을 만나는 것은 흥미로운 일일 것이다. 사실 젊은 사람들은 나이 든 현자를 동경한다. 나이 든 현자는 절대로 변할 것 같지 않은 사람처럼 보인다.

"예전하고 똑같아요." 물론 이러한 표현은 우려했던 것만큼 능력이 감퇴하지 않았고 그다지 많이 변하지 않아서 기쁘다는 의미다. 우선은 나이가 들면서 생기는 변화에 대한 두려움, 다가오는 죽음에 관한 생각을 피해 갈 수 있다. 하지만 이를 맞닥뜨리지 않는 노인은 거의 없다는 것을 알게 된다. 예전과 같은 모습을 유지하려면, 늙지 않으려면, 예전보다 더 피곤해하지 않으려면, 갑자기 예전과는 다른 관심사를 갖지 않으려면 얼마나 많은 에너지가 필요할까? 성직으로 한번 생각해 보자. 새로운 방식의 성적 경험이나 행위를 시도하지는 못해도 비아그라와 같은 보조제 덕분에 여전히 예전 같은 모습을 유지하려고 한다!

예전 같은 모습을 유지하는 것은 엄청난 노력이 드는 일일 뿐만 아니라 새로운 경험의 가치, 나이 듦의 가치를 떨어뜨리는 일이기도 하다. 노인들은 자기 자신을 혹은 젊은 사람들을 놀라게 하지 않으려고 언제나 같은 모습을 유지해야 한다고 생각하며, 젊은 사람들은 자신에게 아직 노화의 징후가 나타나지 않음을 다행스럽게 생각하거나 나이 든 사람들이 자신이 예상했던 것과 완전히 다른 특성을 가졌다는 사실에 놀라곤 한다. 이처럼 노인과 젊은 사람들 모두 나이 드는 일을 불편하게 바라보고 있다. 젊은 세대는 유연성을 가지고 노인에게서 — 단지 조금이라도 — 노년의 지혜를 발견하거나 대화를 통해 이를 끌어내려는 자세가 필요하다.

통제, 인간의 기본 욕구

물론 예전과 똑같은 모습을 유지하고 싶은 마음 뒤에는 충분히 그럴 만한 소망이 담겨 있다. **아직 할 수 있**

는 많은 것을 가능한 한 오래 유지하고 싶은 소망. 사용하지 않는 능력은 금방 사라지고, 방향을 잡지 않으면 금방 길을 잃는다. 그렇다면 포기할 필요가 없는 것을 어떻게 포기하지 않을 수 있으며, 어쩔 수 없이 포기해야 하는 것을 어떻게 알 수 있을까?

방향 설정과 통제의 욕구는 인간의 기본 욕구다. 다시 말해 무슨 일이 일어날지 예견하고 그것이 우리의 목표 및 소망과 어느 정도 일치하도록, 통제할 수 없는 두려움과 무력감으로 반응하지 않도록 어떤 영향을 주려는 것은 우리 인간에게 근본적으로 중요하다. 이는 자기 효능감, 즉 어려운 상황에서도 여전히 우리 삶을 통제할 수 있는 경험으로 이어지며, 여전히 무언가를 할 수 있는 여지가 있다는 느낌과 연결된다. 그 결과 우리는 자신이 유능하고 자존감이 높다고 느끼며 삶에 대처할 수 있다고 느낀다. 또한 겉으로는 다소 연약해 보일지라도 내면의 강인함을 느낀다.

일반적으로 사람들은 자신이 처한 상황과 삶의 맥락을 파악하고 있을 때, 무슨 일이 일어나고 있는지 알 수 있을 때, 그리고 감각적 능력을 통해 문제를 파악할 수 있을 때 통제력을 발휘할 수 있다.

생후 초기에 방향 설정 능력과 통제력은 애착과 밀접한 관련이 있다. 즉 아기는 애착 인물과의 관계를 통해 세상을 어느 정도 이해할 수 있고, 다음에 어떤 일이 일어날지 대략 예측할 수 있다는 것을 경험한다. 또한 배고플 때 음식을 먹거나 지루할 때 자극을 받는 등 생존에 필수적인 것을 얻을 수 있다는 것도 경험한다. 혼자서 또는 애착 인물의 도움을 받아 감정을 늘 조절할 수 있는 안정적인 애착이 형성된 아이는 탐구적인 자세가 보다 강하고 대담하게 세상을 탐험하며, 그런 아이에게는 부모가 곁에 있다는 사실을 계속해서 확인시켜 줄 필요가 없다.

탐험, 호기심, 흥미, 즐거움은 창의적인 태도를 이루는 요인이며, 다음과 같은 질문과 연결된다. 세상은 어떤 모습일까? 내가 세상을 어떻게 바꿀 수 있을까? 또한 이는 내가 세상을 바꿀 수 있고, 어느 정도 세상을 통제할 수 있는 경험과도 관련된다! 두려움과 분노는 탐구적인 태도, 즉 세상을 흥미롭고 탐낼 만하며 멋진 도전으로 여기는 태도를 방해한다. 기쁨, 흥미, 희망과 같은 고양된 감정은 단순히 생존을 위한 것이 아니라 행복감을 위한 것이다. 이러한 감정들은 안정적인 애착은 물론, 스스로 항상 어떤 변화를 만들 수 있는 경험, 장애물을 도전으로 받아들이려고 하고 받아들일 수 있는 경험과도 밀접한 관련이 있다.

하지만 그 이후에도, 어쩌면 평생 방향 설정과 통

제는 우리와 가까운 사람들과 관련된다. 다만 어린아이 때처럼 눈에 뚜렷하게 띄지 않을 뿐이다. 다른 사람들도 나와 같은 생각일까? 그들은 때때로 아주 현실적으로 우리에게 눈과 귀를 빌려주며 듣거나 본 것을 말해 주기도 하지만, 귀 기울여 우리의 고민과 걱정을 들어 주기도 한다. 중년기에 비해 노년기의 방향 설정과 통제는 아기 때처럼 다시 애착 물건 및 애착 인물과 훨씬 더 밀접한 관련을 갖게 된다. 노인들은 자신이 제대로 이해했는지, 올바른 결정을 내리고 있는지 확인하기 위해 타인 및 세상에 대한 타인의 인식이 더 절실히 필요하다. 또한 상상이 실제 타인의 존재를 대체할 수도 있다. 나는 이 문제를 이전에 어떻게 해결했지? 또는 우리가 유능하다고 생각하는 사람이라면 이 상황에서 어떻게 행동할까? 상상력의 중요성에 대해서는 나중에 다시 자세히 다룰 것이다.

두려움에 대처하기

통제할 수 없다는 두려움을 극복하려고 애쓸 때 우리는 방향 설정과 통제력이 얼마나 중요한지 깨닫게 된다. 지금까지 습득한 모든 전략을 총동원해도 대응할 수 없는 위협을 맞닥뜨리면 무력해진다. 그러면 몸이

3. 통제할 수 있는 것과 통제해야 하는 것

마비되거나 마음이 동요하다가 두려움을 가라앉히는 어떤 생각이 떠오르면서 마침내 이러한 불길한 상태가 사라진다. 그리고 문제의 상황이 통제 가능한 것으로 드러난다. 그 결과 우리는 더 이상 무력감을 느끼지 않고 자신이 유능하다고 생각하며 만족감과 자신감을 갖게 된다.

우리를 두렵게 만드는 상황에 대해 다른 사람들과 이야기하고 그 두려움을 공유하면, 두려움에 대처하고 그러한 상황을 극복하는 전략을 개발하는 데 도움이 된다. 하지만 임박한 위험을 피할 수 없는 경우에 두려움은 무력감, 절망, 분노로 바뀌고, 자신감이 떨어지며 융통성이 사라지고 고집스러워진다. 우리가 살면서 가능한 한 많은 것을 통제하려고 노력하는 것은 당연한 일이다. 통제할 수 있다는 것은 우리에게 좋은 느낌을 준다. 다시 말해 통제는, 삶의 방향을 설정할 수 있고 어느 정도 삶을 전체적으로 조망할 수 있다고 느끼게 한다. 아니면 적어도 그럴 수 있다는 믿음이 생긴다.

또한 우리는 삶을 조망하기 위해 무언가를 한다. 질문하고 계획을 세우고, 앞날을 내다보고 걱정하면서 예상치 못한 일이 일어나지 않거나 적어도 아주 드물게만 일어날 수 있다고 생각한다. 이렇게 통제하는 방식으로 방향을 설정하는 과정에서 내일은 무슨 일이 일어날지, 또 모레는 무슨 일이 일어날지 생각하고, 이러한 조심성에서 벗어나는 일이 일어날까 봐 항상 걱정하며 내일을 잘 꾸려 나갈 수 있을까 늘 염려한다. 우리는 통제 불가능한 두려움의 상황에 빠지지 않기 위해 가능한 온갖 전략을 개발한다. 그런데 바로 이러한 행동이 우리 삶을 마비시키고 삶의 질을 떨어뜨리며, 유연성을 잃게 하고 두려움에 대한 환상만 갖게 한다.

삶이 통제 가능하다는 느낌을 어떻게 평생 갖게 되는 것일까? 물론 어떤 일은 예측하고 계획할 수 있지만, 이러한 계획들 역시 어긋날 수 있다. 운명이나 주변 사람들, 정치적 상황 등에 따라서 말이다. 인생에서 아주 중요한 경험들은 통제가 불가능하다. 인생에서 가장 중요한 것은 내 마음대로 통제할 수 없으며, 노년기에도 마찬가지다. 우리의 과거와 현재, 미래는 물론, 인간관계도 대부분 통제할 수 없다. 우리는 이것들이 어떻게 전개될지 모른다. 우리 마음대로 통제할 수 있는 것은 그리 많지 않으며, 그렇기 때문에 당연히 더 소중하다. 또한 우리의 행동이 가져오는 결과도 통제할 수 없다. 우리는 살면서 최선을 다해 많은 일을 해 왔고, 지금도 최선을 다하고 있다. 하지만 그 결과가 항상 우리가 상상했던 것만큼 좋지만은 않다.

그렇다면 우연의 일치는 얼마나 자주 일어날까? 운명은 종종 우연의 일치로 우리에게 닥친다. 좋은 우연으로, 좋지 않은 우연으로. 그러나 우리는 이러한 생각을 무시하고 — 모든 연령대에서 — 삶을 대부분 통제할 수 있다고 생각한다. 특히 우리가 가장 두려워하는 것들, 이를테면 인간관계의 상실, 질병, 죽음은 통제할 수 없다. 이러한 것들은 피할 수 없으며 대부분 통제할 수 없기에 우리는 이에 대처해야 한다. 어쩌면 우리는 거의 강박적으로 통제함으로써 죽음에 대한 두려움을 억누르고 싶은 것은 아닐까? 그렇게 하면 죽음을 피할 수 있다고 속으로 생각하는 것은 아닐까?

세상을 변화시키는 것과 자신을 변화시키는 것

앞에서 이야기한 것처럼 우리는 나이 들면서 더 이상 예전과 같은 방식으로 많은 것을 통제할 수 없다는 경험을 하게 된다. 이를테면 시력과 청력이 떨어져서, 전반적으로 조금씩 더디어져서 상황을 더 이상 빠르게 파악하기가 어렵다. 나이 들면 더 이상 통제가 불가능하거나 예전과 같은 정도로 통제할 수 없으므로 불안하고 두려움이 생기며 수치심을 느끼기도 한다. 삶이 자신의 통제에서 벗어날 수도 있다는 수치심, 그것도 모든 사람이 보는 앞에서. 우리는 자신의 통제 능력이 점점 떨어지고 있다는 것을 알기 때문에 이를 미리 대비한다. 사람들은 삶에 꼭 필요한 것들을 지키기 위해 평생 대비하며, 대부분 자신도 모르게 일찍부터 나이 듦에 적응하며 살아간다.

파울 발테스Paul Baltes와 마르그레트 발테스Margret Baltes[6]는 삶의 변화에 성공적으로 적응하기 위한 SOC 모델을 개발했는데, 이는 성공적인 나이 듦을 위한 모델이기도 하다. 여기서 S는 선택Selection을 의미한다. 요컨대 우리는 인생의 중요한 여러 영역에서 몇 가지 목표를 선택하고, 미래에 무엇이 중요한지 스스로 질문해 보며, 너무 많은 목표를 좇지 않아야 한다는 말이다. 그리고 여러 가지 중요한 목표를 달성하기 위한 수단을 최적화한다Optimization(O). 즉 어떻게 하면 이 목표들을 더 잘 달성할 수 있는지 생각하고, 훌륭하다고 인정되는 전략들을 의식적으로 투입하며, 가능하다면 전략을 더 나은 방향으로 개선하고 단련한다. 또한 이를 위해 새로운 것을 계속해서 익힘으로써 목표 달성에 방해가 되는 요소를 보완한다Compensation(C). 대부분 이 과정에서 새로운 것을 경험하게 된다. 이 SOC 모델을 이미 어릴 때부터 — 대부분 매우 직관적으로 — 적용하는 사람은 나이 듦을 끊임없이 의식하며 살아가고, 이 원칙을 자기 삶에 받아들인다. 또한 특별히 어떤 하나에 집착하지 않고 유연하게 살아가고,

3. 통제할 수 있는 것과 통제해야 하는 것

삶의 변화에 적응하며 중요한 목표와 비전을 다시 찾고, 몇 가지를 내려놓으면서 목표를 줄여 나가지만 그렇다고 해서 완전히 누락시키지는 않는다. 그러나 항상 '예전 모습'을 유지하려고 필사적으로 노력하는 사람들은 이러한 성공적인 적응 과정을 놓치게 된다.

SOC 원칙에서 볼 수 있듯이 외적 통제만 있는 것이 아니라, 감정과 소망을 처리하면서 분명해지는 내적 통제도 존재한다. 외적 통제와 내적 통제는 서로 관련된다. 외적 통제는 세상이 자신의 소망과 목표에 부합하도록 세상을 변화시키는 수단으로 사용되며, 이는 종종 보완적인 성격을 띤다. 이를테면 안정적으로 균형을 유지하기 어려워도 움직이고 싶을 때 우리는 지팡이나 보행 보조기를 사용한다. 이러한 외적 통제는 우리를 안심시킨다. 그러나 나이가 들어 감에 따라 외적 통제를 원하는 대로 확장할 수 없으므로 내적 통제가 점점 더 중요해진다. 말하자면 노인들은 현실의 삶에 대처할 수 있도록 자신을 변화시켜 지속적인 좌절과 실망을 경험하지 않기 위해 노력한다. 이는 행복이 가진 역설의 한 측면일 수 있다.

˚ 86세의 한 여성은 아직도 많은 가족을 초대하여 그

들에게 요리해 주기를 자처한다. 그녀는 이 점에 대해 가족들에게 큰 인정을 받고 있다. 하지만 이제 그녀는 이 일이 너무 버거워져서 뭔가 변화시켜야 한다는 것을 느낀다. 그녀는 외적으로 무언가를 바꾸기 전에 다음과 같은 문제에 대해 마음속으로 고민해 봐야 한다. 가족들의 인정을 포기할 수 있을까? 그러한 생각을 하자 그녀는 약간 수치심을 느낀다. 그녀가 이제는 더 이상 체력이 좋지 않다는 사실을 가족들이 알게 되기 때문이다. 그녀의 한 친구는 그녀에게 고령에 그렇게 많은 가족을 초대해 대접하는 일을 더 이상 할 수 없는 것은 당연하다고 말한다. 그녀는 친구의 생각에 수긍하면서 마음의 부담이 사라지고 여러 가지 생각을 하게 된다. 이것은 부끄러운 일이 아니라 그저 나이가 든 것뿐이다. 그녀는 이런 생각이 떠올랐다. 요리는 손녀가 해도 되며, 손녀의 요리가 서툴 때는 자신이 옆에 앉아서 도와줄 수 있다고 말이다. 이는 충분히 달성 가능한 목표다.

자신의 기대치를 변경하는 것도 내적 통제의 한 형태다. 기대치를 분명하게 정해 놓지 않는다면 기대치가 충족될 수도, 충족되지 않을 수도 있는 여지가 생긴다. '누군가 가끔 나를 찾아왔으면 좋겠다'고 생각할 수 있다. 가끔 누군가 찾아오는 일은 충분히 일어날 수 있는 일이다. 하지만 이렇게 이야기할 때는 실망도 예상해야 한다. 소망이 있으면 실망도 있다는 사실을 우리는 평생에 걸쳐 배워 왔다. 실망하지 않으려면 바라는 것도 없어야 한다. 하지만 바라는 게 아무것도 없다면 인생이 더 실망스러워진다.

기본적으로 내적 통제는 감정 조절, 감정과 느낌의 의식적인 처리, 마치 정원을 가꾸는 것과 같은 감정 돌봄과 관련된다. 끊임없이 실망하거나 괴로워하지 않으려면 이러한 관리가 필요하며, 자기를 비하하지 않으면서 여러 계획과 그 계획에 사용할 수 있는 힘을 균형 있게 유지하기 위해서도 필요하다.

무엇보다도 카스텐슨[7]은 이러한 내적 통제를 사회 정서적 선택성 이론Socioemotional Selectivity Theory, SST으로 설명하는데, 이는 생애 주기별 동기 부여 이론이라고 한다. 이 이론은 남아 있는 시간이 동기 부여에 영향을 미치며, 남은 시간이 짧을수록 정서적으로 중요하다고 생각하는 것과 자신에게 만족감을 주는 것을 추구하려 노력한다고 설명한다. 그러한 것에 더 많은 노력을 기울이면서 다른 것들은 흘러가도록 내려놓게 된다. 노년기에는 특히 인간관계가 중요하지만, 모든 관계가 중요한 것은 아니며 자신에게 긍정적인 영향을 주는 관계를 중요하게 여긴다.

4. 삶의 방향성을 새롭게 만드는 감정들

인간의 삶은 처음부터 끝까지 감정을 동반한다. 다시 말해 깨어 있을 때도, 꿈속에서도 항상 감정이 존재한다. 모든 경험은 감정과 연결되며, 위기와 같은 결정적인 경험을 할 경우에는 강렬한 감정이 수반된다. 인간은 이러한 감정에 대처해야 한다. 위기 상황에서는 감정과 느낌을 반드시 다룰 줄 알아야 하며, 이는 위기에 내재된 기회이기도 하다. 변화와 변형은 감정과 느낌을 인지하고 변화시킴으로써 일어난다.

감정은 행동을 위해 진화적으로 만들어진 프로그램이며, 인지와 사고를 통해 보완된다. 우리는 주로 움직임, 자세, 표정으로 표현되는 신체 과정으로 감정을 경험한다. 이러한 과정은 내부 기관의 다양한 변화를 유발하고,[1] 그에 상응하는 상상 및 생각과 연결된다. 우리는 지각된 감정을 느낌이라고 부른다. 느낌은 우리 몸과 마음에서 일어나는 일을 지각할 때 생긴다. 느낌은 감정을 따라가며, 감정적인 과정을 실제로 인

4. 삶의 방향성을 새롭게 만드는 감정들

식 가능한 결과물로 끌어낸다.

　감정과 우리가 느낌이라고 부르는 인지된 감정은
인간의 생물학적 기본 기능에 속한다. 즉 감정과 느낌
은 타인과 세상을 대하는 우리 자신의 경험을 바탕으
로 방향성을 잡을 수 있게 하고, 이를 통해 타인과 세
상 그리고 자기 몸을 포함한 자기 자신을 현명하게 다
룰 수 있도록 해 준다. 예를 들어 사람들은 위험에 처
해 무력감을 느낄 때는 두려움으로, 소중한 것을 잃었
을 때는 슬픔으로, 다른 사람들이 선을 넘는 행동으로
나의 경계를 인정하지 않을 때는 분노로 반응한다. 건
강한 사람은 모두 무언가에 관심을 가지며, 어떤 것이
기대했던 것보다 더 좋거나 아름다울 때, 예상보다 더
많은 것을 얻게 될 때 기뻐한다. 모든 사람이 이러한
감정과 그에 상응하는 느낌을 경험하며, 그 표현 방식
은 저마다 다르게 나타난다.

　느낌은 문화와 가족의 영향에 따라 다르게 표현된
다. 이를테면 민족마다 느낌을 다루는 방식이 다르며,
그에 따른 특징이 있다. 예를 들어 북방 사람들은 '냉
정하고', 남방 사람들은 '더 감정적'이라고 말한다. 물
론 개인차도 존재한다. 어떤 사람은 다른 사람보다 표
현력이 더 뛰어나다. 또한 성별에 따라서 다르게 나타
나기도 한다. 오래전부터 남성은 자신의 감정, 특히 기

뿜과 고통의 감정뿐만 아니라 수치심, 부러움 등의 감정을 '통제'해야 한다고 여겨져 왔고 지금도 마찬가지다. 이러한 통제는 궁극적으로 억압으로 이어졌다. 그런데 감정을 아무리 잘 통제해도 감정을 표현하는 것 이상으로 우리 자신에게 큰 영향을 미친다. 이처럼 감정을 통제하면 일상적인 관계에서 방향성을 잡거나 자기 자신과 자기 신체 반응을 인지하는 데 어려움이 생긴다. 우리 행동을 포괄적으로 조종하는 감정과 느낌을 의식적으로 인지할 수 있다면, 우리가 어떤 상황에 처했을 때 자신을 어떻게 바라볼지, 그에 따른 도전이나 어려움에 어떻게 대처할 수 있을지에 대한 단서를 얻을 수 있다. 특히 노인은 평생을 살아오면서 이러한 능력을 습득했기 때문에 이에 훨씬 더 능숙하다.

두려움은 힘이다[2]

강렬한 감정을 이야기할 때 우리는 보통 다양한 형태의 사랑과 이와 연관된 슬픔—이를테면 사랑이 응답받지 못하거나 식었을 때, 사랑하는 사람을 잃었을 때—과 같은 격한 감정을 떠올린다. 하지만 감정의 위력은 일상적인 상황에서, 예를 들면 두려움의 형태로 훨씬 더 자주 나타나기도 한다.

감정은 언제나 인지 구조, 환상과 결부되며, 두려움의 경우에는 공포와 위협에 대한 환상과 연관된다. 우리는 두려움을 느끼는 동시에 자신에게 닥칠 수 있는 온갖 위험을 본다. 두려움이 별로 없다고 주장하는 사람이더라도 개인적인 삶에서나 현재의 사회적, 정치적 생활에서 그들이 무엇을 두려워하고 무엇에 위협을 느끼는지 쉽게 알 수 있다. 두려움에 대한 환상은 말로도, 글로도 자주 표현되며 언론에서도 다루어지지만 두려움을 실제로 느끼게 하는 방식으로 표현되지는 않는다. 마찬가지로 많은 사람은 자신의 건강에 대해, 세계 경제에 일어날 수 있는 모든 나쁜 일과 예상되는 부정적인 영향에 대해 두려움을 표현하지만, 그 두려움은 뚜렷하게 느껴지지 않는다. 하지만 두려움에 대한 이러한 환상 이면에는 무의식적인 두려움이 내재해 있다. 그런데 두려움이 실체적으로 느껴지지 않으면 우리가 위험에 처해 있고 대책을 마련해야 한다는 것을 알려 주는 두려움의 제 기능이 상실된다. 예를 들어 세계 종말 분위기가 어느 정도 퍼져 있다면, 위험은 당연히 존재하지만 그 위험이 실제로 어디에 존재하는지, 어떤 대책을 마련하여 이 위험을 막아 낼 수 있는지는 명확하게 드러나지 않는다. 두려움에 대한 환상은 세상을 끊임없이 위협받는 곳, 파괴적인 공격자들에게 둘러싸인 곳으로 바꾸고 우리를 마비시킨다. 위험한 상황에 대처하는 데 필요할지도 모르는 공격성—파괴가 아니라 정말로 적극적인 태도—이 다른 사람, 다른 대상, 보이지 않는 어떤 것에 투사되는 경우가 이 세상에는 꽤 흔하게 일어나고 있다. 이에 따라 모든 것이 두려움과 마비의 베일에 가려지고, 두려움을 감수하는 용기가 갈수록 사라지며, 맞서 싸우려는 의지가 약해지면서 사람들은 체념하게 된다.

두려움을 바라보며 나아가기

° 유연한 태도로 삶에 대응하고 싶어 하는 여성을 관찰해 보자. 그녀는 새로운 일이 발생하면 긴장한다. 이를테면 여행 가방을 챙길 때 중요한 물건을 깜빡할까 봐 마음이 불편하다. 온수기가 샐 때는 어떻게 해야 할지, 누구에게 전화해야 할지, 문제를 정확히 설명할 수 있을지, 자신의 말이 잘 통할지 걱정이다. 예전 같았으면 전혀 하지 않았을 염려들이다. 예전에는 그냥 전화를 걸었고, 어쩔 수 없을 때는 말을 더 듬거리면서 이야기했다. 하지만 이제는 이런 전화를 해야 할 때 전보다 더 많은 스트레스를 받고 미리 겁을 먹는다. 그녀는 자신의 현재 능력으로 이러한 새

로운 상황에 대처할 수 있을지 의문이 생긴다.

우리는 젊을 때도 새로운 것을 접할 때 스트레스를 받지만, 스트레스가 특히 강할 때에만 이를 감지한다. 그리고 스트레스나 불안은 우리가 도움을 구하는 등 해결책을 찾게 만든다. 대부분 자신이 긴장하고 있다는 사실, 삶에서 요구되는 것들과 이를 처리하는 자신의 현재 능력이 문제의 상황에서 균형을 이루지 못하고 있다는 사실을 알아차리는 것만으로도 도움이 된다. 마음을 가라앉히고 지금 필요한 것이 무엇인지 파악하고 적절한 전략을 개발하기 위해서는 잠시 멈춰서 자신이 지금 '긴장하고 있다'는 사실을 인정하는 것만으로도 충분할 때가 많다.

"예전보다 더 긴장돼요." 이 말은 자신의 힘이 점점 약해지고 있다는 뜻이다. 이를 해결하려면 무엇이 필요할까? 자기 자신에 대한 공감, 긴장감을 새로운 것에 접근하는 감정으로 이해하는 것, 문제 상황에서 자신을 비판하거나 비하하지 않고 친절하게 바라보는 능력이 필요하다. 자기 자신에게 공감하는 능력은 키워 나갈 수 있다. 이를테면 "네가 이러한 중요한 상황에서 그렇게 큰 두려움을 느낀다니 얼마나 힘들까."라고 말한다. 이와 같은 문제 상황에서 자기 자신을 '너'

라고 부르면서 말을 거는 것이다. 우리는 다른 사람의 곤경을 대하는 방식으로 자기 자신의 곤경을 인지할 수 있다. 즉 공감하면서도 어느 정도 일정한 거리를 유지하여 괴로움에 압도되지 않는 것이다. 어느 정도 거리를 유지하면서 자기 자신에게 공감하면 이러한 어려운 상황에서 호의적인 시선으로 자신과 관계를 맺을 수 있다. 나를 마치 타인처럼 바라보고, 다른 사람에게 공감하는 것처럼 나 자신에게, 나의 두려움에, 나의 기쁨에, 나의 근심에 공감하는 것이다. 그러면 자존감이 다시 높아지고 삶에 유연하게 대처할 수 있게 된다. 배가 흔들리더라도.

예상치 못한 일, 새로운 일을 처리해야 할 때 일반적으로 '긴장'하는 경향이 있다는 점을 아는 것만으로도 도움이 되고 마음이 가라앉을 수 있다. 이로부터 우리가 끌어낼 수 있는 결론은 새로운 상황에 익숙해지는 시간을 갖는 것이 매우 중요하다는 것이다. 구체적으로 말하면, 외부에서 기대하는 것처럼 즉각적인 대답을 하지 말고 생각할 시간을 갖는 것이다. 이를테면 전화로 갑작스럽게 무리한 요구를 해 올 때 즉시 그에 대해 논의하기보다는 다시 전화하겠다고 제안한다. 이는 젊은 사람들에게도 좋은 전략이다.

대화를 통해 상호 작용하면서 두려움에 대해 의

견을 교환하고 서로의 생각을 공유하는 것, 그리고 여기서 생겨나는 창의적인 아이디어는 두려움에 대처하는 데 매우 도움이 된다. 이러한 자원은 두려움을 인식하고 이를 차분하게 공유할 때만 활용할 수 있다. 이는 상대가 나의 두려움을 없애 주거나 나의 두려움을 책임진다는 의미가 아니라―물론 상대에게 그런 능력이 있다면 가능할 수도 있다―, 상대와 두려움을 서로 공유하고 함께 책임진다는 의미다.

나이 듦은 많은 두려움과 관련된다. 내 생각에 우리는 이러한 두려움에 두 가지 방식으로 대처하는 것 같다. 즉 감정을 별로 싣지 않고 위협에 대한 환상을 경솔하게 발전시키고 대화를 통해 쏟아 내거나, 자신의 두려움에 대해 거의 이야기하지 않는 것이다. 마치 통조림 속에 보존된 것 같은 이러한 위협에 대한 환상 속에는 더 깊고 더 실존적인 두려움이 감추어져 있을 수도 있다. 이는 반드시 죽음에 대한 두려움이라기보다는 '작은 상실'에 대한 두려움, 이를테면 건망증이 심해지거나 좋아하는 일을 더 이상 할 수 없게 된다는 두려움일 수 있다. 우리는 이러한 두려움을 안고 현재 삶의 감정, 에너지, 소망을 바탕으로 지금과는 다르게 경험하고 느끼게 될 미래의 어느 시점을 상상한다. 미래가 어떻게 될지 지금 당장은 가늠조차 할 수 없는데도 끊임없이 그렇게 행동한다. 이는 결국 우리를 불행하게 만든다. 분명 언젠가는 좋아하던 스포츠를 더 이상 할 수 없는 것처럼 우리가 두려워하던 경험을 하게 되는 날이 올 것이다. 하지만 이러한 경험을 그렇게 어렵게 생각하지 않을 수도 있다. 특히 윈드서핑 같은 스포츠의 경우, 우리는 이미 '더 이상 할 수 없다'는 경험을 많이 해 왔다. 처음에는 약간 슬픔을 느꼈지만, 이후에는 윈드서핑을 멋지게 즐기는 사람들을 보고 기쁨을 느끼며 마음가짐을 자연스럽게 전환할 수 있었다.

우리는 미리 너무 많은 두려움을 갖는다. 그렇게 되면 실제로 해결해야 할 두려움, 다른 누군가와 대화를 통해 공유할 수 있는 두려움, 진지하게 생각해야 할 두려움이 가려질 수 있다. 어쨌든 두려움을 느낀다는 것은 위험에 처했다고 느끼는 것을 의미하기 때문에 마음속의 평화를 회복할 수 있도록 발전적인 형태의 해결책을 찾아야 한다. 지금 나를 정말로 두렵게 하는 것은 무엇인가? 그 두려움에 관해 이야기할 수 있는 용기가 내게 있는가? 우리의 사회 정서상 두려움을 갖거나 본인의 두려움에 대해 공개적으로 표현하기란 어려운 일이다. 그렇게 하면 그저 나이 들었다고 생각한다.

두려움에 대해 의견을 교환하는 것은 중요하다. 예를 들면 노년의 학자들은 또렷한 기억력이 많이 요구되는 즉흥 강연을 언제까지 계속할 수 있을지에 대한 대화를 나누면서 두려움을 공유할 수 있다. 아마도 이 대화에 참여한 모든 학자는 중요한 용어들이 떠오르지 않는 것은 어떻게든 창의적으로 쉽게 해결할 수 있기 때문에 괜찮지만, 그보다는 오히려 두려움이 유창한 강연을 하는 데 더 방해될 수도 있다고 생각한다. 하지만 강연을 완전히 망칠 수 있다는 두려움 때문에 강연을 그만하고 싶다고 말하는 사람은 아무도 없다.

숨겨진 두려움은 종종 노인들의 꿈에 나타나기도 한다.

° 다음은 한 76세 남성의 꿈이다. "나는 내가 속한 정치 모임의 사람들과 아주 평범하게 이야기를 나누고 있었어요. 주제가 무엇인지는 기억나지 않아요. 나는 강력한 목소리로 말했어요. 하지만 뭔가 이상했어요. 모여 있는 남자들이 ─ 남자들만 있는 것 같았어요 ─ 자기들끼리만 서로 이야기하고 웃고 건배하고 있었어요. 더 크게 말해 봐도 아무 소용이 없었어요. 나는 엄청나게 화가 났고, 미친 듯이 분노가 치밀어 오른 상태에서 눈을 떴어요!"

남자는 꿈에서 느낀 분노에 대해 한참을 더 이야기하고는 꿈에서 그렇게 화가 날 수 있다는 사실에 놀라워했다. 그는 이 '무례한 청중들'과 그들의 품위 없음에 대해 이야기한다. 그는 몇몇 사람이 자신의 말을 듣지 않아서 그렇게 화가 났다는 말을 곰곰이 생각해 본다. 가만히 생각해 보니 꿈속에서 몇몇 사람이 아니라 모두가 그랬다! 그리고 자신이 말하는데 아무도 자기 말을 귀담아듣지 않는 것이 자신의 가장 큰 두려움이라고 덧붙여 말한다. 그럴 때는 '죽을 만큼 수치스럽다'고 말한다. 이제 그는 이러한 분노 뒤에 숨어 있는 두려움을 경험한다. 이러한 두려움에 관해 이야기하면서 그가 실제로 이 모임에서 '설 자리가 없다'는 것이 점점 더 분명해진다. 일반적으로 어떤 집단에서 강력한 힘을 가진 사람 — 강력한 목소리를 낼 수 있는 사람 — 은 자기 자리가 있는 법이라고 그는 생각했다. 그리고 그는 이제 다른 모임에서 더 편안함을 느끼고 이에 따른 결론을 내릴 수 있으리라고 말한다.

그는 자신의 꿈을 깊이 생각해 보면서 큰 두려움을 깨달았다. 사람들이 자신의 이야기를 귀 기울여 듣지 않고, 자신이 더 이상 사람들 사이에 설 자리가 없다는 두려움을. 그러나 그는 그 꿈이 자신의 자존감을 떨어뜨린다고 생각하지 않았고, 그에게 계속 강력한 목소리를 부여하고 오히려 자신의 목소리를 들어 줄 곳을 찾아야 한다는 자극으로 이해했다. 그리고 그곳이 어디인지도 즉시 떠올릴 수 있었다. 말하자면 그는 이 꿈을 통해서 잃은 것도 있지만 얻은 것도 있다.

언뜻 보기에는 이 꿈에서 분노가 가장 중요한 감정인 것처럼 보이지만, 분노 뒤에는 두려움이 숨어 있다. 우리는 우리를 무력하게 만드는 두려움을 분노로 물리치는 경우가 많다. 어쨌든 분노도 아주 중요한 감정이다. 분노는 우리가 무언가를 바꿀 수 있고 자기 삶을 아직 제어할 수 있다는 인상을 주는 반면, 두려움은 우리를 마비시킨다. 화보다 더 강력한 감정인 분노는 우리의 자기 보존과 자아 발전이 침해받을 때 느껴진다. 누군가가 우리의 경계를 침범하여 언어적, 신체적으로 공격하거나, 우리의 경계를 확장하고 새로운 것을 시작하지 못하도록 할 때 우리는 자신의 온전함이 침해당했다고 느낀다.[3]

분노의 느낌은 누군가 우리의 경계를 침범하거나 전혀 존중하지 않는다는 사실을 우리에게 알려 준다. 분노에 담긴 에너지는 이러한 상황에 대처하고 자신을 방어 및 옹호하며, 갈등을 감수하고, 관련된 모

든 사람에게 우리의 경계를 다시 확인시키고 이를 수
용하게 만들겠다는 목적으로 논쟁을 벌일 힘을 준다.
분노는 주로 자존감 침해(예를 들면 존중받지 못했을 때)
에 대한 직접적인 감정적 반응으로 나타난다. 자존감
을 다시 찾지 못할 것이라는 두려움, 동등한 사람으로
인정받지 못할 것이라는 두려움, 다른 사람들에게 좌
우될 것이라는 두려움은 분노와 연관된다.

　분노를 주된 감정으로 느낀다는 것은 상황을 바
꿀 수 있다고 아직 믿는다는 뜻이다. 두려움뿐만 아니
라 분노도 나이 듦과 관련된 중요한 주제다. 나이 든
사람들은 원치 않는 조언을 비롯해 노인은 어떻게 살
아야 한다는 규정 등으로 경계를 침해당한다. 이는 필
요한 것일 수도 있지만, 내 생각에는 주변 사람들이
노인에 대한 자신의 불안감을 견딜 수 없어서 다소 앞
서 반응하고 '책임을 떠맡는 것'으로 보인다. 노인이
갑자기 완전히 새로운 것을 시작하려고 한다면 어떨
까? 가족들은 이에 어떤 반응을 보일까? 나이가 들었
는데도 계속해서 자기 계발을 한다? 자신의 한계를 뛰
어넘고 자신이 해낼 수 있는 것보다 더 많은 것을 기
대하다 보면 스스로 화가 나기도 한다. 하지만 우리는
자기 자신에게 화났다는 사실을 깨닫기보다 자신이
느끼는 분노의 원인을 외부에서 찾는다. 그리고 나이

가 들면서 아주 일상적으로 느끼는 화에 대해서도 그렇다. 작은 글씨투성이에 연한 회색으로 적혀 있는 사용 설명서들! 아주 정교한 손가락 조작이 필요한 작은 전자 기기들! 이처럼 끊임없이 화가 나는 사람은 자신의 한계를 다시 설정해야 한다. 지금의 나는 어떤 사람인가? 내가 아직 할 수 있는 것은 무엇인가? 어떻게 나의 온전함을 확립할 수 있을까?

앞에서 언급한 꿈에서 아무도 꿈꾼 이의 말을 경청하려고 하지 않고 그가 더 이상 이 모임에서 목소리를 낼 수 없어서 느꼈던 분노는 표면적으로 볼 때 자신이 존중받지 못한 데서 오는 분노다. 모든 사람은 존중받을 권리가 있으며, 자신이 존중받지 못하면 분노와 잠재적인 두려움으로 반응한다. 그는 자신이 꾼 꿈을 이야기하면서 자신이 말하는 내용이 더 이상 중요하다고 여기지 않는 사람들이 있다는 경계를 인식하게 된다. 이는 그저 일종의 두려움일 수 있으며, 그의 두려움에 대한 환상이 꿈에서 표현된 것일 수 있다. 그러나 그가 자신의 꿈에 대해 계속 이야기하는 방식은 스스로 설 곳을 선택할 수 있다는 사실, 또 선택해야 한다는 사실을 보여 준다. 즉 그는 자신의 목소리를 더 이상 낼 수 없는 이 정치 모임보다 자기 말을 경청해 주는 다른 모임에서 더 편안함을 느낀다.

두려움은 꿈에서 매우 다양한 방식으로 나타날 수 있다. 다음은 한 80세 여성의 꿈이다.

° "면접을 보러 가야 하는 상황인데 시간이 얼마 남지 않았어요. 빨리 못 뛰어서 첫 번째 버스를 놓쳤는데, 두 번째 버스도 놓쳐요. 왜 그랬는지는 모르겠는데, 아무튼 너무 늦었어요. 거기다 내가 머리도 손질하지 않았고 옷도 제대로 갖춰 입지 않았다는 것을 알아차려요. 누군가 나를 도와줘야 하는데 아무도 도와주지 않아서 제정신이 아니었어요."

그녀는 꿈속에서 스트레스와 두려움을 먼저 느끼고, 그다음으로 창피함을 느꼈다. 즉 그녀는 머리도 다듬지 않았고 깔끔한 옷차림도 아니었다. 게다가 아무도 그녀를 도와주지 않았다. 그녀는 일상에서 자기 외모에 신경을 아주 많이 쓰는 편이며, 비판적인 눈으로 자신을 바라보는 사람이다. 그녀는 '다른 사람들은 어떻게 생각할까?'라는 생각을 매우 자주 하며, 나이가 들면서 자신이 더 이상 매력적이지 않을까 봐 두려워한다. "저는 가능한 한 완벽해 보이려고 노력해요." 그녀는 인생을 비롯해 모든 만남을 언제나 면접으로 여긴다.

창피함을 느끼는 것에 대한 두려움은 노년기의 큰 두려움 중 하나다. 우리는 창피함을 느낄 때 다른 사람들이 우리를 매우 비판적이고 까칠한 시선으로 바라보며, 우리의 자존감을 부정한다고 생각한다. 다른 사람들이 우리를 비판적인 시선으로 바라본다는 생각에 우리의 자존감이 위축된다. 이 여성처럼 수치심에 대처하는 데 문제가 있는 사람들은 완벽한 사람이 되려고 노력한다. 그렇게 하면 자신의 결점이 드러나지 않으니까. 하지만 이 꿈에서 보듯이, 면접을 볼 때처럼 사람들의 이목을 끊임없이 자신에게 집중시키려고 하다 보면 지칠 수밖에 없다. 그런데 이러한 완벽함은 나이가 들면서 점점 사라지며, 노년기에는 완벽한 상태를 유지하기가 점점 더 어려워진다는 현실을 받아들여야 한다.

자신에게 계속해서 젊은 모습을 요구하면 수치심을 느끼는 상황이 많이 발생한다. 하지만 노년기에는 완벽한 모습을 유지하는 것이 더 이상 불가능하다는 사실을 받아들이고, 다른 사람들의 비판적인 시선에 더 이상 신경 쓰지 않는다면 자신을 새롭게 알아 갈 기회가 생긴다. 나는 정말로 어떤 사람인가, 나는 정말로 무엇을 느끼는가? 나는 지금 이 순간 정말로 어떻게 옷을 입고 싶은가? 꿈을 꾼 여성이 정말로 원하는 것은 무엇일까? 그녀는 꿈에서처럼 머리 손질을 도

와줄 누군가, 말하자면 예전의 완벽한 외모를 되찾아
줄 누군가를 원할까, 아니면 그저 그녀가 느끼는 부
담감을 알아차려 줄 누군가가 필요할까? "꿈속에서는
아무도 없었어요." 그녀는 이렇게 말하면서 자신이 도
움을 요청하는 데 서툰 사람이라고 덧붙였다. 도움을
요청하는 것은 수치심과 관련된 또 하나의 주제다.

수치심에 대한 두려움

자율성, 독립성, 자신을 통제하는 힘은 살면서 얻게
되는 중요한 능력이다. 그러나 노년기에는 이런 능력
을 일부 잃을 수 있으며, 그렇게 되면 수치스럽게 여
긴다. 신체적인 면에서 보면 더 이상 예전처럼 깔끔하
게 식사하지 못하거나 최근에 갔던 파티에서 제일 좋
아하는 정장에 얼룩을 묻히고도 그 사실을 알아차리
지 못하는 식이다. 또한 식당에서 계산하는 것을 깜빡
잊어버리는 일도 있다. 노년기에는 다른 사람에게, 때
로는 자기 자신에게도 보이고 싶지 않은 면모들이 드
러나게 된다. 심리적으로도 마찬가지다. 천진하고 사
랑스럽게 보이는 면모들이 있는가 하면, 때로는 불편
하고 어쩌면 욕심을 부리는 것처럼 보이기도 한다. 이
를테면 식당에서 계산하지 않는 행동은 깜빡 잊어버

4. 삶의 방향성을 새롭게 만드는 감정들

렸기 때문일까―이 자체로도 충분히 좋지 않은 일이지만―아니면 숨겨진 욕심 때문일까? 우리에게는 부정적인 측면도 있으며, 그 모습 또한 우리 인간의 본성이다. 사람들은 대부분 노년에 배설을 제대로 제어하지 못할 때 매우 힘들어하며, 이는 수치심과 관련된 큰 문제다.

　어쩌면 젊은 사람들은 생각만큼 노인을 그렇게 비판적인 시선으로 바라보지 않을 수도 있다. 나이 들면 통제력이 감퇴한다는 사실을 젊은 세대가 비판적으로 바라본다는 사회적 통념 때문에 노년층은 노화를 수치스러운 것, 그래서는 안 되는 것, 잘못된 것으로 인식하게 된다. 그러나 노년기에 통제력이 저하되는 것은 어쩔 수 없는 사실이며, 이를 받아들이는 것이 곧 노화를 받아들이는 것이다. 물론 젊음에 대한 맹신에 빠져든 사회에서는 노화의 징후에 대해 지나치게 비판적인 경향이 있을 수 있다. 그러나 젊음에 대한 이러한 광기의 잔재에서 벗어나는 것 또한 노년층의 몫이다. 더 이상 많은 것을 통제할 수 없고, 몸이 예전처럼 '작동'하지 않는 것은 바로 노화하는 신체의 특성이다. 누구도 이를 막을 수 없으며, 이는 인간의 본성이다. 또한 우리는 자신과 타인에게 나타나는 이러한 노쇠 과정을 다정한 시선으로 바라볼 필요가 있다. 이는 또한 수치심 문제에 대한 해결책이기도 하다. 주변 사람들은 우리를 비판적으로만 바라보는 것이 아니라, 다정하게 공감하며 수용적인 시선으로 바라보기도 한다.

사람은 나이 들면 노쇠해지기 마련이며, 그에 따른 결과들이 발생한다. 이는 누구에게나 고통스러운 일이다. 인간은 고통을 겪고 통증을 경험한다. 리투아니아 태생의 프랑스 철학자 에마뉘엘 레비나스Emmanuel Levinas는 이에 대해 다음과 같이 설명한다. "고통의 통렬함은 그것으로부터 도망치는 것이 불가능하다는 데 있다."[4] 이는 우리가 노화, 유한성, 삶과 세상의 예측 불가능성, 우연성, 우리 자신의 여러 한계(유한함, 평범함, 취약함, 무력함 등) 앞에서 자신 및 자신의 감정과 직면하게 될 것이라는 의미다. 유한성으로 인한 고통으로부터 우리는 더 이상 도망칠 수 없다. 하지만 길이 보이지 않을 때 새로운 길이 시작되는 법이다. '실패'는―우리 자신과 노화에 대한 생각의 실패도 마찬가지로―우리를 새로운 자기 발견의 길로 이끈다. 실패를 받아들이는 것, 자신을 새롭게 알아 가는 것, 자신의 취약한 면을 알아 가고 이를 다정하게 공감하며 포용하는 것, 이는 취약함을 받아들이고 자신만의 방식으로 대처하는 것을 의미한다. 주변 사람들과 우호적인 관계를 맺으면 위로와 도움을 받을 수 있고 의견

　　　　　　　4. 삶의 방향성을 새롭게 만드는 감정들

을 교환하면서 긍정적인 경험을 다시 찾을 수 있으므로 더욱 유익하다. 삶에는 실패뿐만 아니라 언제나 실패를 바탕으로 한 새로운 시작이 존재한다. 이러한 새로운 시작은 매우 특별한 방식으로 이루어지며, 노인으로서의 정체성에도 영향을 미친다.

나이 든다는 것이 반드시 실패를 의미하는 것은 아니지만, 노년기라는 삶의 단계에서는 자신이 요구하는 대로 되지 않는 실패 경험을 계속해서 하게 된다. 만약 이러한 실패의 경험을 하지 않는다면 우리는 더 이상 도전도 하지 않게 될 것이다. 어느 정도 슬픔이 따르겠지만 실패를 차분하게 받아들인 다음, 무엇이 효과 있고 무엇이 중요하며 무엇이 아직 남아 있는지에 다시 새롭게 초점을 맞추는 것이 중요하다. 이러한 과정은 새로운 것이 아니다. 젊은 시절에도 계획을 세우고 계획이 실패하는 과정에서 슬픔과 분노를 느끼지만, 우울한 기분이 사라지면 더 적절한 새로운 계획을 세운다. 다만 젊을 때는 더욱 다양한 가능성이 있다고 확신하거나, 자신이 실패한 이유가 그저 외적인 요인 때문이거나 자신의 성격적 특성을 충분히 고려하지 않았기 때문이라고 확신한다. 이를테면 자신이 강인한 투사 같은 사람인 줄 알았지만, 실제로는 반짝이는 아이디어를 창출하는 사람에 가까웠다는 식이다.

우리는 실패에 내재된 기회를 통해 자기 삶을 자신의 정서적 및 인지적 가능성, 현재 세상의 상황에 맞게 더 나은 방향으로 조율할 수 있고, 우리가 계획하고 실행하는 일에서도 자기 본연의 모습을 유지하고 자신의 진정한 본질을 더 많이 깨달을 수 있다. 노년기에는 일상에서 더 빈번하게 실패의 경험을 하기 때문에 실패를 미화하기가 쉽지 않다. 그러나 삶 속에서 많은 것을 잃더라도 그 과정에서 새로 얻게 되는 것을 발견하는 것이 중요하다. 실패는 우리를 둘러싼 주변 세상의 여건에 맞추어 우리가 가진 가능성을 더 좋은 방향으로 조율하게 만든다. 그러므로 실패를 바라보는 호의적인 시선, 공감 어린 시선, 그러면서도 정확한 시선이 필요하다.

° 한 80대 남성은 12년 전 아내가 세상을 떠난 이후로 공동 주택에서 숨어 지내듯 살고 있다. 그는 자녀나 손자들과 거의 연락하지 않고 가끔씩 그들을 찾아가기만 할 뿐이다. 그런데 이제 그가 사는 아파트가 수리될 예정이다. 그는 이를 막아 보려고 하지만 전혀 소용이 없다. 그러자 그는 감정적 위기를 겪었고, 사람들은 그를 병원에 데려가 위기 개입 치료를 받게 한다. 그는 이러한 '탈선'이 자신에게 일어

4. 삶의 방향성을 새롭게 만드는 감정들

난 것을 매우 부끄러워한다. 그는 자신이 매우 통제
력 있는 사람이며 자신의 정신력이 전혀 흐트러지지
않았다고 생각한다. 그런데 지금은! 그가 위기를 겪
은 원인은 무엇이었을까? 그는 아파트를 아내가 죽
었을 때의 상태 그대로 두었다고 천천히 이야기하기
시작했다. 그래서 버림받지 않았다는 느낌을 받았다
는 것이다. 세월이 흐르면서 모든 것이 조금씩 때가
타기 시작했기 때문에 그는 더 이상 아무도 집에 초
대할 수 없었다고 했다. 그는 자신을 도와준다거나
청소 도우미에게 정리를 맡기겠다는 자녀들의 제안
을 항상 거절했다. 그리고 자녀들을 만날 때에는 항
상 그들이 사는 곳과 자신이 사는 곳 중간쯤 거리에
있는 멋진 곳에서 만났다. 그런데 이제 모든 사실이
드러나 매우 수치스럽다고 말한다. 그는 자신이 멸
시당하고 정상 생활이 불가능해질 수도 있다고 상
상한다. 사실상 그는 도움이 필요하다. 그의 자녀들
은 그가 새집을 구하는 데 도움을 주며, 그가 아내
의 '물건'을 정리하도록 도와준다. 그는 무엇을 간
직하고 싶어 하며 무엇을 버리고 싶어 하는가? 짧
은 심리 치료 과정을 통해 그는 과거에 해결하지 못
했던 슬픔을 늦게나마 어느 정도 처리할 수 있었다.
그리고 그는 자신이 원래는 사교적인 사람이었고,
다른 사람들과 어울릴 방법을 찾고 있으며 가끔 만

나는 세 명의 노인과 함께 의미 있는 일을 할 방법을 계획하고 있다고 이야기한다.

유머, 사랑스러운 반전

당황스럽고 난처한 상황에 직면했을 때 대개 유머가 도움이 된다. 그리고 나이가 들수록 유머는 더욱 필요하다.

유머는 사실상 창피함을 느낄 수 있는 상황을 새로운 관점에서 보게 해 준다. 특히 단점이나 약점, 예전에는 잘했는데 지금은 더 이상 잘할 수 없게 된 것에 대해서도 그렇다. 이에 대해 우리는 괴로워할 수도 있겠지만, 자신과 타인의 부족함을 사랑스럽게 인정하고 이해하며 용서할 수도 있다. 부족함 또한 사랑스럽고 흥미로운 요소이며, 유머로 부족함과 단점을 극복할 수 있다. 창피함을 느끼는 대신 웃으면서 긴장된 상황을 해결할 수 있는 것이다.

° 생일 파티의 주인공인 98세 노인은 기쁜 마음에 식
  사 예절을 크게 신경 쓰지 않고 다소 급하게 음식을

먹는다. 그러다 재채기를 해 입에 있던 적잖은 음식물이 테이블 위와 근처에 앉아 있는 사람들을 향해 튀어 나간다. 그는 처음에는 깜짝 놀라고 당황스러워서 아무 말도 못 하고 있다가 이내 큰 소리로 말했다. "여러분, 내가 또 무슨 짓을 저질렀는지 좀 보세요! 저는 어렸을 때부터 항상 밥을 지저분하게 먹는 장난꾸러기였다니까요!" 그가 이렇게 말하면서 목이 터져라 웃자 모두가 웃음에 동참한다. 어색한 상황이 편안해지고 사람들은 식탁 위를 다시 정리하기 시작한다. 그는 자신이 밥을 지저분하게 먹는 장난꾸러기라고 말함으로써 사람들로 하여금 장난스러운 꼬맹이를 떠올리게 하여 당혹스러운 상황을 누그러뜨릴 수 있었다. 물론 그 역시 자기 자신을 장난기 많은 꼬맹이로 보고 있다. 그 자체로 창피한 상황에서 이렇게 유머로 대처하는 것은 창의적인 행동이다.

유머는 상황을 돌발적으로 완전히 다른 관점에서 봄으로써 당황스러운 사태가 아닌 다른 것으로 주의를 끄는 주관적인 능력이다. 그렇다고 전체적인 상황이 변하는 것은 아니지만, 유머를 통해 같은 상황이더라도 다르게 보이고 사랑스러움과 이해심을 더 많이 갖게 만든다. 대부분 유머는 일반적인 인식에서 다소 벗어나 있으며, 이전에는 경험하지 못했던 놀라운 시각으로 상황을 보게 해 준다. 상황을 재해석하고 기괴한 것이나 이상한 것에 주의를 집중시킴으로써 유쾌함과 웃음이 유발되며 긴장감이 해소된다. 다른 사람의 불행을 보고 즐거워하는 웃음이 아닌 '순수한 웃음'을 자아내는 다정하고 따뜻한 유머는 자기 자신에 대한 사랑스러운 마음에서 비롯된다. 생일 파티의 주인공인 98세 노인은 유머를 발휘하여 자기 자신과 자존감을 지키고, 파티도 망치지 않는다. 당황스러운 상황에 함께 있던 다른 사람들은 함께 웃거나 심지어 먼저 웃음을 터뜨릴 수 있으며, 웃음을 통해 유머를 진정으로 경험할 수 있다. 또한 유머를 발휘하여 상황을 반전시키는 당사자도 창피함을 느끼지 않고 진정으로 함께 웃을 수 있다.

유머는 사람들의 창의적인 능력을 보여 준다. 유머러스하다는 것은 잠재적으로 삶에 대한 창의적 태도, 모든 제약 속에서도 삶을 사랑하는 태도, 변화를 사랑하는 태도이기도 하다. 유머 감각은 다소 부끄러운 상황을 웃을 수 있는 상황으로 인지하는 능력이다. 다시 말해 모순적으로 바라볼 수 있는 감각, 이러한 모순으로부터 새로운 것을 만들어 내는 능력, 또는 자리에 함께 있는 사람들로 하여금 새로운 관점에서 상황을 보게 만들어 그들도 모르게 창의적인 사람이 되게 만드는 능력이다.

창의적인 반전을 만들어 내는 유머는 무엇보다도 우리가 쉽게 창피함을 느끼거나 그러한 상황에 처할까 봐 두려워할 때 적합하다. 유머를 통해 우리는 부끄러움을 조금이나마 덜어 낼 수 있다. 또한 나이가 들수록 자기 자신을 잘 견뎌 내기 위해서 유머가 더욱 필요하다. 우리는 언제나 자기 자신에게 실제로 기대하는 대로 행동하지는 않는다. 또한 다른 사람들과 함께 있을 때, 다른 사람의 눈을 통해 우리 자신과 우리의 단점을 볼 때는 자기 자신을 더욱 유머러스하게 바라보는 태도가 필요하다. 자신이 갑자기 웃음거리가 되거나 자신의 약점이 드러날 때 우리는 창피함을 느낀다. 우리가 숨기고 싶었던 무언가, 이를테면 뭔가 부정적인 면,[5] 우리가 보기에 용납할 수 없는 것, 나쁜 것 또는 반대로 특별히 소중한 것, 아름다운 것, 남들 눈에 띄어서 파괴되면 안 되는 것, 우리 자신만을 위한 것, 자기 인격의 핵심과 연결된 것 등이 우리의 의지와는 반대로 드러난다. 숨기고 싶은 것이 드러나 창피함을 느끼면 우리는 땅으로 꺼지거나 지구를 떠나고 싶은 심정이 든다. 그리고 노년기에는 노화로 인해 창피함을 느끼는 상황이 자주 발생할 수 있는데, 이러한 상황에서 우리는 두 가지를 경험하게 된다. 난처함을 경험하는 동시에, 이 난처함을 웃어넘길 수 있는 인간의 가능성으로서 상황을 인지하는 능력을 경험한다. 다정한 유머는 아무것도 변하지 않았다고, 모든 것이 예전과 똑같다고 늘 주장해야 하는 과도한 부담에서 우리를 벗어나게 해 준다. 노후의 시간들을 부담에 눌려 낭비해서 되겠는가!

유머 속에는 진지함과 즐거움, 울음과 웃음이 결합해 있다. 유머러스한 상호 작용에서는 부정적 감정과 긍정적 감정이 함께 경험되고 긍정적인 감정으로 전환된다. 유머를 사용하여 곤란한 상황을 잘 해결하면 대부분 자신의 '순발력', 기발한 아이디어, 창의력에 대해 매우 자랑스러워하게 된다. 부끄러움을 느끼는 대신 스스로 자존감을 회복하도록 도운 것이다. 우리가 자신의 부족함과 약점을 보는 것은 당연하지만, 이를 상대화시키고 사랑스럽게 이해하며 용서할 수 있다. 자신에 대해서도 타인에 대해서도. 인간의 어리석음과 우스꽝스러움도 사랑스러운 면모들이다. 그러므로 자기 자신을 너무 심각하게 받아들이지 말고, 부정적인 면을 호의적으로 공감하며 받아들여야 한다.

기쁨, 다정하게 바라보는 마음

나이 들어 가면서 겪게 되는 많은 상실에 대한 두려움을 직면하는 것은 중요하지만, 이를 과도하게 우려할 필요는 없다. 노년기에는 두려움뿐만 아니라 다른 감정과 느낌도 있다. 자신과 타인에게 다정하게 공감하는 시선은 인생의 모든 단계에서, 특히 노년기에 어려움과 단점을 대처하는 데 매우 도움이 된다.

비난하는 시선과 달리 호의적인 시선은 긍정적인 감정과 함께 고양된 감정 및 느낌과 연관된다. 이러한 감정에는 무엇보다도 기쁨, 관심, 호기심, 놀라움, 영감, 희망 등이 포함된다. 이 감정들을 '고양된' 감정이라고 부르는 이유는 우리의 기분을 끌어올리고 마음을 어느 정도 가볍게 해 주기 때문이다. 그런데 이러한 감정에는 각각 고유한 역학 관계가 있다.

기쁨은 우리가 생각보다 더 많은 것을 얻을 때, 기대한 것보다 더 좋을 때, 생각보다 더 아름다울 때 느끼는 감정이다. 우리는 아름다운 풍경이나 사람, 좋은 만남, 좋은 생각 등에 크게 놀라기도 하며, 기쁨이나 즐거움과 같은 감정에 사로잡히기도 한다. 또한 축복받았다고 느끼거나 감사함을 느끼기도 하며, 세상이 우리에게 많은 것을 내어 준다는 느낌을 받는다. 때로는 우리가 아무것도 하지 않아도 세상이 우리에게 내어 주는 것에 기뻐하며, 기쁨을 대가로 무언가를 포기하지 않아도 된다. 기쁜 마음이 들 때 우리는 마음이 가벼워지는 느낌을 받는다. 기쁨은 크고 활발한 움직임으로 표현된다. 즉 기쁠 때는 입가가 올라가고 눈에서 빛이 나며, 움직임이 가벼워지고 펄쩍펄쩍 뛰고 싶으며, 마음이 따뜻해진다.[6]

기쁨을 느낄 때는 당연히 자존감이 높아지며, 자존감에 대해 걱정할 필요가 없다. 말하자면 지금의 자기 모습 그대로를 좋다고 생각한다. 그리고 우리 자신과 주변 세계, 자연, 문화를 있는 그대로 받아들인다. 기쁨을 느끼면 우리는 다른 사람들과 더 가까워지고, 더 많이 연결되고, 더 많이 끈끈해지며, 덜 비판적인 시각을 갖게 된다. 우리는 서로를 다정한 눈으로 바라보고, 우리 자신도 다정한 눈으로 바라본다. 때로는 자부심에서 비롯되는 기쁨을 경험하는 것은 훌륭한 자원이 될 수 있다. 이에 관해서는 다양한 연구에서도 언급되고 있다.[7]

그런데 삶이 너무 암울할 때는 이러한 감정을 어디서 느낄 수 있을까? 기쁨을 유발하는 상황은 아주 많다. 문제는 우리가 이 기쁨을 무시한다는 사실이다. 분노는 쉽게 떨쳐 내지 못하지만, 기쁨은 쉽게 밀어낼 수 있다. 따라서 기쁨이 느껴질 때 그 느낌을 인지

4. 삶의 방향성을 새롭게 만드는 감정들

하는 것이 중요하다. 이 느낌을 반복해서 떠올리거나 기쁨을 느낀 상황들을 이야기하면서 다시 한번 기쁨의 감정을 불러일으킬 수 있다. 어릴 적 어느 더운 날 물가에서 경험했던 기쁨이나 그 이후에 느꼈던 기쁨 등 자기 삶에서 즐거웠던 상황을 떠올리는 것이다. 이에 대해서는 기억을 다룰 때 다시 이야기하고자 한다. 또한 우리는 우리의 관심사를 추구할 때도 기쁨을 경험한다. 인간을 포함한 모든 포유류는 호기심이 많다. 호기심은 생동감의 표현이다. 우리는 새로운 것, 기쁨과 설렘을 불러일으키는 것, 더 많은 생동감을 약속하는 것을 추구하려고 한다.

설렘, 상상이 주는 기쁨

설렘은 아주 특별한 기쁨이다. 설렘은 미래의 어떤 일에 대해 상상하며 느끼는 기쁨이다. 따라서 특정 상황에서 샘솟는 '일반적인' 기쁨과는 다르다. 일반적인 기쁨은 그때그때 순간에 인지되고 나중에 다시 기억 속에서 몇 번이고 되살아날 수 있다. 반면 설렘은 상상력에서 비롯되며 동경, 소망, 기대 등에 의해 강화된다. 물론 때로는 부정적인 경험으로 인해 설렘이 다소 약화되기도 한다. 설렘을 느끼는 동안 우리는 이미 자신의 기대가 성취되는 환상을 경험한다. 그리고 기쁨을 느끼게 해 줄 이벤트가 확실히 일어날 거라고 상상하거나 그러한 이벤트에 대해 상상의 나래를 펼친다.

설렘은 우리의 가장 절실한 소망과 갈망, 기대가 실현될 거라고 거의 확신할 때 발생한다. 우리는 우리에게 큰 기쁨을 약속해 줄 사건에 대해 매우 자유롭게 미리 상상하며 즐길 수 있다. 앞으로 일어날 사건이 우리에게 큰 기쁨을 가져다줄 거라고 말이다. 그러나 이러한 설렘은 큰 실망의 원인이 될 수도 있다. 기대했던 일이 일어나지 않거나 상상했던 것과 다르게 일어나면 — 대부분 그렇다 — 실망하게 되고, 우리 삶에 방향과 내용을 부여했던 무언가를 잃은 것 같아서 수치심이나 죄책감, 심지어 슬픔의 감정까지 느끼게 된다. 기대가 이루어지지 않으면 슬프기 마련이다.

그럼에도 설렘이 인간에게 매우 중요한 이유는 우리를 일상에서 끌어내 활력을 불어넣고 영감을 주고 용기를 주는 갈망을 불러일으키기 때문이다.

우리는 어떤 상황(종종 사회적 상황)이 우리가 바라고 원하는 대로 이루어지는 상상을 하면서 기대감을 품는다. 하지만 실제로는 그 자리에 함께 있는 다른 사람들도 영향을 주기 때문에 우리 상상과는 다른 상황이 펼쳐질 수 있다. 감정이론가 캐럴 이저드Carroll

Izard**8**는 설렘을 '마법의 기쁨Magische Freude'이라고 불렀는데, 우리가 설렘을 느낄 때는 관련 인물의 현실을 어느 정도 잊는 경향이 있다는 것이다. 이것의 장점은 우리에게 정말로 큰 기쁨을 주는 것이 무엇인지 알게 되고, 우리의 진정한 소망과 갈망뿐만 아니라 기대도 인식할 수 있게 해 준다는 점이다.

때에 따라서는 설렘이 너무 커지지 않도록 조절하는 것이 현명하다. 그렇게 하면 혹시라도 발생할 수 있는 실망을 미리 방지할 수 있다. 앞에서 언급했듯이, 상상했던 일이 실현되든 안 되든 간에 설렘을 그 자체로 봐야 한다는 것을 우리가 분명히 알고 있다면 실망은 그리 크지 않을 것이다. 어쨌든 아무도 우리에게서 설렘을 빼앗아 갈 수 없다. 또한 때에 따라 결과가 예상보다 훨씬 더 좋더라도 설렘을 뒤늦게 느끼는 것은 불가능하다.

설렘은 용기 있는 기쁨이며, 좋은 운명에 대한 희망이나 적어도 실망에 유능하게 대처할 수 있는 자신의 능력에 대한 믿음에서 비롯된다.

관심, 자신과 하나 되기**9**

설렘은 우리의 상상력에서 비롯된다. 즉 우리는 미

래의 사건이 우리에게 큰 기쁨을 가져다줄 것이라고 상상한다. 이는 극장에 가는 것과 같이 실제로 일어날 수 있는 상황에만 해당되는 것이 아니라, 마음속에서 새로운 가능성을 탐구할 때도 해당된다. 설렘과 함께 호기심이라는 감정도 우리의 생각과 행동을 넓혀 주는 역할을 한다. 말하자면 지속해서 우리의 관심을 불러일으키는 무언가를 발견하면 우리는 삶에 중요해 보이고 기쁨을 유발하는 것에 집중적으로 몰두하게 된다. 호기심은 우리가 무언가를 시도하고 시험해 볼 수 있는 여지를 열어 준다. 그리고 우리가 무언가에 정말로 관심이 있고 그것에 사로잡힌다면 우리는 그 관심을 따르게 된다. 관심을 가진 우리는 관심 대상에 완전히 몰두할 뿐만 아니라, 우리 자신과도 완전히 하나가 된다. 관심은 우리를 사로잡고 우리에게 중요한 무언가를 의미하며, 우리의 인격, 우리 내면의 삶과 관련이 있다.

어떤 형태로든지 지속적인 관심을 가꾸어 나갈 필요가 있다. 이를테면 역사적인 연관성에 관심이 있는 사람이라면 책을 읽고 메모를 하고, 때로는 글을 쓰거나 연관성을 탐구할 것이다. 우리가 관심 대상을 가꾸어 나가는 동안 자신도 모르게 자기 삶과 정체성, 자기 발전과 관련된 질문에 답하며 우리 자신도 가꾸어 나간다. 무언가에 관심을 가지고 몰두할 때 우리는 세상과 연결된 상태에서 온전히 자기 자신과 하나가 되며, 외부 세계와 내면 세계가 상호 작용하며 풍성해진다. 또한 관심을 가지고 그것을 가꾸어 나가는 우리 자신은 이러한 풍성함에서 비롯되는 창의적인 결과물을 만들어 내는 주체다. 사람들에게 자신의 관심사를 추구할 때 어떤 기분이 드는지 물어보면 '온전히 자신에게 몰두하는 느낌', 기쁨, 영감, 행복하게 만들어 주는 강렬한 삶의 감정을 이야기한다. 특히 노년층은 이제야 자신의 관심사를 위한 시간이 조금 더 많아졌고—아직도 그렇게 충분한 것은 아니지만—, 기쁨과 호기심에 이끌려 곁길로 그냥 한번 빠져들 수 있는 시간도 생겼다고 강조한다. 이는 탐구적인 행동이며, 새로운 것을 알고 싶어 하고 자극을 추구하며 새로운 길을 가능하게 만드는 행동이다.

그렇다면 관심은 어떻게 생겨날까? 관심이 생기기에 앞서 관심을 유발하는 감정인 흥미와 호기심 역시 생물학적으로 인간에게 내재해 있다. 때때로 우울한 기분에 가려져 다소 묻혀 있는 것처럼 보일지라도 우리 안에는 흥미라는 감정이 내재해 있는 것이다. 소위 감정신경과학Affective Neuroscience을 연구하는 야크 판크세프Jaak Panksepp는 우울증 환자에게서는 '탐색 시스템Seeking System'이 거의 활성화되지 않는다고 본다.[10]

탐색 시스템이란 깊은 관심, 몰두하는 호기심, 즐거움, 지속적인 기대감이 조합된 것을 의미하며,[11] 이는 호기심을 불러일으키는 것을 탐구하려는 쾌감과 같은 의미다. 또한 버림받는 것에 대한 두려움에 대항하는 시스템으로도 이해되는 이 탐색 시스템을 활성화하면 우울증과 이별에 대한 불안 모두를 해결할 수 있다.[12] 이 탐색 시스템은 언제든 다시 활성화할 수 있다. 우리는 노인들이 가시적인 관심사만 있고 그 외의 것에는 더 이상 관심이 없다고 오해해서는 안 된다. 어떤 노인들은 평생 예술 창작 같은 관심사를 키워 왔지만, 이제는 이를 다른 방식으로 새롭게 가꾸어 간다.

° 한 84세 여성은 미술관에 있으면 언제나 아주 편안하고, 그림에 대해 꽤 많이 알고 있다고도 말한다. 하지만 이제 더 이상 잘 걸을 수 없게 된 그녀는 그림 두세 점을 골라 아주 자세히 들여다보며 이 그림들이 자신에게 어떤 감정과 생각을 불러일으키는지 자문해 본다. 그녀는 즉시 이를 메모하고 집에서 다시 생각해 보기 위해 그림을 스케치한다. 때로는 인터넷에서 관련 정보를 찾아보기도 하며, 스케치한 그림 위에 자신의 아이디어에 따라 그림을 그려 보기도 하지만 아무에게도 보여 주지는 않는다. 이렇게

하는 것이 그녀에게 어떤 효과가 있을까? 이전에는 예술을 소비하는 데 그쳤다면, 이제 그녀는 그림 및 예술가들과 조금이나마 실제로 교감하고 있다는 느낌을 받는다! 그녀는 매우 의식적으로 그림과 교감하며, 이를 통해 활력을 얻을 뿐만 아니라 이전보다 작품에 대해 더 많은 것을 이해하게 되었다. 그녀가 이렇게 깊고 충만한 관심으로 그림에 새로운 방식으로 접근할 수 있었던 것은 자신이 더 이상 잘 걷지 못하게 된 사실에서 비롯되었다. 다시 말해 외부 반경의 제한으로 말미암아 내부 반경을 확장할 수 있게 된 것이다.

또 왕성한 직업 활동을 하고 가족을 돌보느라 무언가에 관심을 가질 시간이 없었다가 노년이 되어 관심사를 갖게 되는 노인들도 있다.

° 한 70세 노인은 인생을 회고하는 어느 세미나에서 자신이 18세 청소년이었을 때 음악에 큰 즐거움을 느꼈다고 회상한다. 단순히 음악을 듣는 데서만 즐거움을 느낀 것이 아니라, 그 음악이 어떻게 만들어지고 작곡되었는지 알아 가는 즐거움도 느꼈다는 것

이다. 이 과정에서 그는 음악에 흠뻑 매료되었다. 과거를 떠올리면서 음악에 대한 관심을 다시 찾은 그는 젊었을 때와 같은 방식으로 혹은 다른 방식으로 음악에 다시 집중하기로 다짐한다. 그리고 이러한 다짐이 자신을 흥분시키고 활력을 불어넣어 준다고 느낀다.

우리가 가진 관심사의 흔적을 추적하다 보면 어린 시절, 특히 사춘기 때로 돌아가게 되는 경우가 많다. 우리는 사춘기 때 가졌던 관심사들을 나중에 나이가 들어서 다시 끄집어내 가꿔 나가고 완성할 수 있다.

자신의 관심사를 추구해 나갈 때 우리는 기쁨을 느낀다. 우리가 현재 무엇에 즐거움을 느끼는지 곰곰이 생각해 보면, 그 즐거움 또한 특정 관심사와 연관된다는 것을 알게 된다. 노년의 장점은 어떤 '생산적인 결과'를 내놓을 필요 없이 자신의 관심사를 추구할 수 있다는 것이다. 물론 생산적인 결과를 내놓을 수 있지만 반드시 그럴 필요는 없다. 정말로 즐길 수 있는 여지, 호기심을 추구할 수 있는 여지만 있으면 된다. 이를 통해 **자신의** 관심사를 진심으로 추구할 수 있다. 우리가 살아오면서 가꾸어 온 다양한 관심사에 대해 생각해 보면, 어떤 관심사는 진짜 내 것이 아니었음을 깨닫게 된다. 가정마다 자연스럽게 받아들여지는 관심사가 있으며, 어렸을 때는 이것이 자신의 관심사라고 생각하고 따를 수 있지만, 실제로는 자신의 진정한 관심사가 아닐 수 있다.

° 등산에 열광하는 아버지를 둔 아들은 자신이 어렸을 때 아버지를 따라 산에 다녔고 자신도 등산에 깊이 심취해 있다고 느꼈다고 이야기한다. 그는 스무살이 되던 해 아버지가 아닌 등산 친구들과 함께 가파른 벽을 오르던 중 더 이상 산을 오르지 않고 캠핑하면서 책을 읽으면 어떨까, 하는 강렬하면서도 생생한 상상을 했다. 그 순간 그는 정말로 그렇게 하고 싶었다. 하지만 친구들을 버리고 갈 수 없었기 때문에 어쨌든 산에 오르기는 했지만, 이것이 그의 마지막 등반이었다. 그는 등산이 자신의 관심사가 아니라 아버지의 관심사임을 깨달았다. 자신이 높은 곳에서 먼 곳을 바라보는 것을 좋아하기는 했지만, 목숨을 걸고 산에 오르고 싶어 하지는 않는다는 사실을.

자신의 관심사는 자기 존재의 핵심과 직접적으로 연결되고 본인의 고유한 능력과 맞닿아 있으며, 매우 구체적인 방식으로 관심사의 내용과 자신이 연결될 수 있게 해 준다. 자신이 관여하는 이러한 과정은 다른 사람들에게는 무의미해 보일 수도 있지만 본인에게는 매우 큰 의미가 있다.[13]

긍정적 감정과 부정적 감정의 공존

나는 감정 조절이 방향 설정과 내적 통제, 행복감의 중요한 측면이라는 전제에서 출발했다. 탐구심, 호기심, 관심, 즐거움을 가질 여지가 있다는 것은 활력을 찾고 두려움과 우울증에 맞설 여지가 있다는 것이다. 그렇기 때문에 노년기에는 이러한 가능성을 모색하는 것이 특히 중요하다. 그렇다면 이것이 과연 가능할까? 노인들은 긍정적인 감정을 여전히 많이 가지고 있을까? 다양한 연구에 따르면, 일반적인 예상과는 달리 노인들은 부정적인 감정보다 긍정적인 감정을 더 많이 느끼며,[14] 감정의 강도도 줄어들지 않는다. 아주 고령이 되어서야 어느 정도의 변화가 생기는데, 이는 긍정적인 감정이 감소한다기보다 부정적 감정 — 이를테면 두려움과 그에 따른 낙담, 분노 등 — 이 증가하는 것이다. 슈타우딩거[15]는 노년기의 만족감을 '긍정적 감정의 풍부함'과 연관지어 설명한다.[16] 긍정적 감정은 노년기를 지켜 주는 보호막 작용을 하고 자존감과 안정적인 정신 상태를 유지해 주며, 나아가 긴장감을 견디는 능력도 키워 준다. 노년기에도 긴장감은 당연히 존재하기 마련이니까.

또한 카스텐슨[17]은 나이가 들수록 긍정적 감정과 부정적 감정을 거의 동시에 경험한다는 사실을 발견했으며, 이것이 노인들의 정서적 안정과 놀라운 행복감의 원인이라고 본다. 매우 설득력 있는 한 연구에서 사람들에게 아주 다양한 시점에 어떤 감정들을 느끼는지 질문했다. 응답자들은 행복하고 슬프고, 감사하고 화나고, 불안하고 즐겁고 자신감이 넘치며, 때로는 이 감정들이 동시에 느껴진다고 대답했다. 긍정적 감정과 부정적 감정의 이러한 동시성은 노년기에 더 자주 발생하는 반면, 젊은 사람들에게서는 크게 눈에 띄지 않는다. 이것이 노년기에 많은 문제가 발생함에도 불구하고 행복감이 높은 비결일까? 노년층이 어려운 상황을 맞닥뜨려도 놀랍도록 잘 대처하는 이유가 이 때문일까? 자신이 경험한 감정 상태를 증폭시키고 싶은지, 그대로 유지하고 싶은지 아니면 억제하고 싶은지 묻는 질문에 젊은 사람들은 긍정적 감정을 억누르고 부정적 감정을 더 크게 느낀다고 답한 반면, 노인들은 긍정적 감정을 유지하는 것이 중요하다고 답했다.[18] 하지만 필요한 경우에는 부정적 감정과 대면하

고, 부정적 감정을 유발하고 행복감을 해치는 상황을 해결하려고 노력한다고도 답했다.[19]

그렇다면 정반대의 감정과 느낌이 동시에 경험될 수 있다는 것은 무슨 의미일까? 이는 어떤 것도 일방적이거나 흑과 백으로 나뉘지 않고, 흑과 백 둘 다 가지고 있다는 의미다. 긍정적 감정과 부정적 감정 또한 서로 경쟁하거나 긴장 관계에 있는 것이 아니라, 온전함을 경험하는 중요한 형태로서 함께 존재한다. 말하자면 인생은 밝음과 어둠으로 이루어져 있으며, 어느한 감정이 다른 감정을 밀어내지 않아도 된다. 노년이 되면 어린 시절에 힘겹게 배운 사실, 즉 어둠도 낭떠러지도 삶의 일부라는 사실을 자연스럽게 당연한 것으로 받아들이면서 마음이 안정된다. 빛과 그림자는 언제나 동시에 존재한다.

융의 심리 치료에서 그림자, 즉 우리가 거부하는 자신의 인격적 측면과 대면하는 것은 심리적 안정을 위한 중요한 단계다. 그림자는 특히 인간관계에서 ─ 때로는 어두운 측면이 우리 행동에 반영되어, 때로는 자신이 거부하거나 스스로 받아들이기 어려운 측면을 다른 사람에게 투영하는 방식으로 ─ 나타나므로 이러한 어둠의 그림자를 경험하면서 발생하는 분노, 공격성, 두려움은 인간관계에서 깊은 갈등과 그에 따른 실망을 가져올 수 있다. 그러나 우리와 관계를 맺고 있는 사람들도 어두운 면을 가지고 있고, 우리와 마찬가지로 이러한 어두운 측면이 때로는 자신의 행동으로 나타나기도 하고 이를 다른 사람에게 투영하기도 한다. 우리를 크게 실망시키는 사람이 동시에 멋진 특성을 가진 사람, 우리가 사랑하는 사람, 우리를 사랑하는 사람, 우리를 기쁘게 하는 사람이라는 사실을 깨닫는 데는 종종 감정적, 인지적으로 큰 노력이 필요하다. 이러한 노력이 성공하여 자신의 그림자를 받아들이고 이러한 어두운 그림자 또한 인간관계의 일부임을 받아들인다면 자신의 감정과 인간관계가 안정된다.[20]

밝음과 어둠을 받아들일 수 있는 태도로 이끄는 치료, 밝음과 어둠이 함께 존재한다는 사실에 근거한 치료가 바로 융이 구상한 심리 치료다. 나이가 들어가고 인격이 성숙해지는 과정에서 우리는 이와 비슷한 경험을 하게 된다. 그렇다면 이러한 경험을 아무런 노력 없이 그냥 하는 것일까? 아마도 그렇지 않을 것이다. 노력이 필요할 수도 있고, 어쩌면 평생 배워야 가능할지도 모른다. 아니면 이것이 오즈월드[21]가 말한 것처럼 더 큰 행복으로 이어지는 노년기 특유의 인간적인 변화일까?

노년기의 행복감을 다룬 연구들을 메타 분석한

결과에 따르면, 노인들이 과거의 행복했던 상황을 떠올리면서 기분을 고양시킬 때 의식적으로 긍정적 감정으로 전환하면 그에 상응하는 목표에 이를 수 있다.[22] 긍정적 감정으로 전환하면 일상생활에 큰 영향을 미치지만, 이는 개인의 구체적인 인지 능력에 따라 달라질 수 있다. 심각한 인지 장애가 있는 사람에게는 이러한 가능성이 주어지지 않을 수 있다.[23] 그러나 아직 확실한 결과는 나오지 않았다. 이에 대해서는 앞으로 계속 연구될 것이다.

긴장감으로부터 거리 두기

인간관계의 긴장은 당연히 노년기에도 발생한다. 전통적인 배우자와의 관계를 — 배우자가 아직 살아 있다면 — 포함하여 노년기의 모든 인간관계는 행복감, 교류, 소속감, 사회 관계망의 일부라는 느낌을 갖는 데 큰 의미를 지닌다. 그러므로 인간관계 속에서 발생하는 긴장감에 잘 대처하는 것은 매우 중요하다.

이 주제를 연구한 다라 소킨Dara Sorkin과 캐런 룩 Karen Rook은 노인들이 자신의 내면으로 물러남으로써 긴장감을 해소한다는 사실을 확인했다. 즉 어느 정도의 시간 동안은 관계가 중요한 것이 아니라, 자기 내면의 평안함이 중요하다는 의미다.[24] 노인들은 갈등으로부터 거리를 두고 일정 기간 멀리함으로써 긴장과 동요를 피하며, 자신을 보호하는 인지 전략을 펼친다. 즉 왜 이러한 상황이 되었는지, 그것이 일차적으로 자신의 잘못이 아니며, 만약 그렇다 해도 사소한 실수라고 설명하는 인지 전략을 사용한다. 또한 달성하기 어려운 목표를 포기하고 쉽게 이룰 수 있는 새로운 목표를 위해 노력함으로써 긴장을 피하기도 한다(이는 앞에 나온 SOC 모델에 부합한다).

이러한 행동은 노인들이 더 이상 갈등을 이겨 낼 여력이 없기 때문에 갈등을 피한다는 의미로 이해될 수 있으며, 이는 어느 정도 사실이기도 하다. 또한 어떤 일이 일어난 이유에 대해 노인들이 설명하는 내용을—주변 사람들은 이를 대체로 변명처럼 여기지만—납득할 수 있게 해 준다. 갈등과 긴장을 더 이상 견딜 여력이 없을 때는 자기 자신과 긍정적 감정에 더욱 집중하는 것이 궁극적으로 중요한 관계를 유지하는 데 도움이 된다. 이러한 이유에서 노인들이 자신의 내면으로 물러나는 방식으로 긴장에 대처한다고 볼 수 있다. 어느 정도의 시간이 지나면 감정적으로 다시 관계를 맺는 것이 가능해진다. 더 이상 이러한 거리 두기 행동이 효과가 없고 해당 관계를 유지할 수 없는 경우에 노인들은 이러한 관계에서 물러난다.

그럼에도 여러 연구에 따르면 노년기의 긍정적인 관계 경험이 부정적인 경험보다 우세한 것으로 나타났다. 한편 소킨과 룩의 가정에 따르면, 노년층의 긍정적인 관계 경험이 부정적인 경험보다 우세한 이유는 노인들이 자신의 인맥 안에 있는 일부 까다로운 사람들과의 갈등과 긴장에 이미 오랫동안 만성적으로 익숙해져서 더 이상 큰 불안이 생기지 않기 때문이다.[25] 긴장에 대처하는 이러한 방식 또한 행복이 가진 일종의 역설일 수 있다.

겉에서 볼 때 이러한 긴장 해소 방식은 단순히 일상에서 일어나는 일에 대한 관심이 부족하다는 신호로 보일 수 있다. 그러나 이는 흥분과 혼란에 대처하는 현명한 방법으로도 이해될 수 있다. 한 90세 노부인이 다음과 같이 말한다.

°"나는 외국인을 향한 온갖 막말에 더 이상 일일이 화를 낼 수가 없어요. 하지만 내가 알고 있는 한 난민의 고통을 함께 나누고 있고, 내가 도울 여력이 있을 때 그를 돕고 있어요."
그녀의 말은 무엇을 의미할까? 그녀는 외국인 혐오가 매우 파괴적이며 자신은 이러한 치명적인 파괴성을 멀리하고 있으며, 이를 위해 현재 자신이 옳은 일

4. 삶의 방향성을 새롭게 만드는 감정들

을 하고 있다고 말한다. 거대한 세상과 음모는 더 이상 그녀의 관심사가 아니라는 것이다. 또한 그녀는 더 이상 예전처럼 독자 투고를 보내지도 않는다고 한다. 하지만 그녀는 몇몇 사람과 이야기를 나누면서 그들을 돕기도 하고, 그저 동냥을 주는 것처럼 보이지 않도록 자신도 조금씩 도움을 받으며, 이 일로 언제나 큰 기쁨을 느낀다고 말한다.

이는 소킨과 룩이 연구한 긴장 해소 방식이 일상생활에서 어떻게 나타나는지 보여 주는 사례다. 이 사례에서 흥미로운 점은·이 여성이 파괴성의 치명적인 면을 경험하고 쉽게 감염될 수 있다는 사실을 감지하여 그로부터 거리를 둔다고 말하는 내용이다. 이와 함께 그녀는 감정 전염이라는 주제에 대해, 그 어떤 것에도 감염되지 않을 자유, 자신에게 이로운 것에 집중할 수 있는 능력을 이야기한다. 물론 누구나 이러한 자유를 가질 수 있어야 한다. 그리고 그녀는 이 자유를 가지고 있다.

상실과 애도

고령자들이 많은 상실을 겪으면서도 희망을 잃지 않

는 모습을 보면 언제나 놀랍다. 긍정적 감정이 우세하면 힘겨운 삶의 경험도 잘 견딜 수 있을까? 깊은 비통함의 상황에서도 슬픔과 함께 감사함이나 자연과 문화에 대한 기쁨 같은 긍정적 감정들도 지속해서 유지하고 경험할 수 있을까?

우리 인간은 자신의 삶에서 특별한 가치를 지닌 사람이나 물건을 잃거나 그러한 위험에 처했을 때 슬픔의 감정에 사로잡힌다. 이러한 슬픔의 감정은 많은 다양한 감정과 연관된다. 근심, 두려움, 분노, 사랑, 추억에 대한 기쁨, 죄책감 등. 우리는 이러한 다양한 감정을 허용하면서 슬픔의 과정을 거치게 된다. 즉 상실을 천천히 — 그리고 매우 고통스럽게 — 받아들이고 우리가 잃은 사람이 비록 곁에 없어도, 그 사람이 우리에게 일깨워 준 모든 것, 우리가 잃지 않아도 되는 것들을 마음속에 품고 다시 새롭게 삶을 꾸려 가는 발전 과정을 겪게 된다.

사람과 관계를 맺을 때 우리는 언제나 상실을 염두에 두어야 한다. 즉 우리가 어떤 사람과 관계를 맺으면 유대감과 인연이 생겨나고, 이에 따라 그 사람과의 관계를 통해 내적인 자아가 형성된다. 우리는 삶이 힘들어졌을 때 이야기를 나누며 우리를 위로해 준 애착 인물을 잃기도 한다. 그렇게 되면 이와 같은 힘든 경험을 더 이상 그 사람과 공유할 수 없게 된다. 우리가 잃는 것은 단순히 그 사람과의 유대감뿐만 아니라, 그 사람과의 관계를 통해 형성된 자아이기도 하다. 이러한 관계 자아는 본래의 자아와 구별되지만 중첩되는 부분도 있다. 나는 관계 자아가 두 사람 간의 관계에서 형성되는 자아라고 이해한다. 즉 관계 자아는 두 사람의 관계에서 발생하는 동적인 상호 작용을 통해 형성되며, 시간이 지남에 따라 두 사람의 성격적 측면들이 서로에게 활성화된다.[26] 말하자면 관계 자아는 역동적이며, 시간이 지남에 따라 그리고 관계에 따라 변화한다. 두 사람 모두 이 관계 자아를 '공통된 것'으로 느끼지만, 각자의 관점에서 관계 자아를 경험한다.

물론 친밀한 관계에서도 관계의 영향을 조금만 받거나 전혀 받지 않는 자아의 일부가 존재한다. 이러한 자아의 일부는 슬픔을 겪는 과정에서 자신을 다시 재정비하는 데 중요한 역할을 한다. 이러한 관계 자아는 '나와 너'의 관계를 통해 형성되며, 특히 상호 간의 인식과 이를 토대로 발전하는 각자의 정체성을 확인함으로써 형성된다. 고인이 된 사람처럼 우리를 구체적으로 ─ 사랑스럽게, 친근하게, 비판적으로, 다 이해한다는 표정 등으로 ─ 바라봐 줄 사람이 이제는 더 이상 없다. 나와 너의 관계에는 우리가 함께 만든 일상, 우리가 공유하는 관심사, 우리가 과거에 한 일, 지금 하는 일, 앞으로 하고 싶은 일 등이 포함된다. 이렇게 함께 만든 '일'은 자녀일 수도 있고, 서로를 자극하고 격려하며 도전하여 무언가를 실현함으로써 함께 만들어 낸 활동일 수도 있다. 물론 우리 각자의 개성이 더 많이 반영된 결과물일 수도 있다.

더욱더 무의식적인 차원에서 볼 때 관계 자아에는 투사Projection와 위임Delegation뿐만 아니라 관계를 통해 서로 일깨워 주고 서로에게서 끄집어내 준 개인적 특성과 발전도 포함된다.[27] 관계 자아의 이러한 측면은 서로 애정을 느끼는 마음에 기반을 두고 있다. 즉 이 단계에서는 서로에게서 이상적인 삶의 가능성과 가능한 미래, 말하자면 관계 자아의 비전을 본다. 이 단계에서 많은 것이 미화되기는 하지만, 두 사람이 공유하는 관계를 통해 부분적으로 실현될 수 있는 발전 가능성도 짐작해 볼 수 있다. 물론 관계가 지속되면서 부정적으로 여겨지는 특성들도 어쩔 수 없이 활성화되기도 한다. 관계 자아에는 어려운 상호 작용도 당연히 반영된다.

상대를 잃은 후에는 관계 자아가 더 이상 발전할 수 없으므로, 우리는 애도하면서 가능하면 관계 자아에서 자신의 본래 자아로 돌아가야 한다. 그리고 자신을 재정비하여 관계를 통해 얻은 것이 자기 삶과 경험으로 옮겨질 수 있도록 해야 한다. 이는 자연스러운

4. 삶의 방향성을 새롭게 만드는 감정들

애도 과정을 통해 가능하다. 오랜 기간에 걸쳐 감정이 변화하는 이러한 애도 과정에서 관계 자아가 경험한 많은 것이 이전과는 다른 형태로 자신의 삶에 통합될 수 있다. 이를 통해 상실을 받아들이고 슬픔과 함께 감사함을 느끼며, 고인을 종종 그리워하기도 한다. 그러나 고인에 대한 이러한 그리움이 삶을 가꾸어 나가는 기쁨을 방해하는 것이 아니라 오히려 그 반대일 수 있다. 즉 살아 있는 사람은 가능한 한 잘 살아 나가기를 바란다. 고인에 대한 꿈은 이러한 과정에 도움이 되며, 고인과 함께했던 삶에 대한 정서적 기억 또한 추억을 그리며 되살릴 수 있다. 우리는 애도 과정을 거치며 '본래의 자아'를 재정비하게 되는데, 이 과정에서 애도와 분리의 경험이 근본적으로 중요하다. 이를 테면 과거에 고인과의 관계가 자신을 소홀히 할 정도로 주로 고인에게 맞추어져 있었다면 자신의 본래 자아로 돌아가기 어렵다. 이 경우 슬픔 대신 우울증으로 반응할 수 있다.[28]

고령기의 애도 과정에서 고인에 대한 애도는 곧 끝나 가는 삶에 대한 애도, 즉 자신의 죽음에 익숙해지는 것과 관련이 있다. 그런데 고령자들은 애도 과정에서 슬픔만 느끼는 것이 아니라 평안함과 감사함을 느끼기도 한다.

특히 오랫동안 함께 살던 노부부가 배우자를 잃는 경험은 남겨진 배우자의 삶의 감정에 매우 큰 의미를 갖는다.

 ° 한 85세 남성이 이렇게 말한다. "나는 아내 없이는 더 이상 살 수 없으리라고 생각했어요." 그는 계속 살아 나갔고, 다시 한번 삶에 도전했다. 하지만 죽은 사람을 따라 죽는 현상은 잘 알려져 있다.

다양한 사람이 있는 만큼 나이 듦의 방식도, 관계가 끝나 가는 방식도, 애도 과정도 사람마다 다르다. 예를 들어 베르톨트 브레히트Bertolt Brecht의 단편 소설 「품위 없는 노파Die Unwürdige Greisin」에는 남편과 사별하고 온전한 자기 삶을 다시 한번 살면서 자신이 진정 누구인지 알고 싶어 하는 고인의 아내들이 등장한다.[29] 또한 이 이야기는 어머니가 마침내 자기 주도적인 삶을 사는 것을 가족이 얼마나 원치 않는지도 보여준다.

또 어떤 고인의 아내들은 삶의 의지를 잃기도 하는데, 후손들은 이를 걱정하고 자신들이 덜어 주기 어려운 어머니의 슬픔을 보며 불안해한다. 어떤 가족들은 '적당한 애도 기간'이 지난 후 어머니가 우울증을 앓고 있는 것은 아닌지 걱정하기도 한다. 어머니가 누군가를 새로 만날 마음이 없는 것을 보니 아직 애도 과정이 끝나지 않은 것 같다는 것이다. 어머니가 새로운 누군가를 꼭 만나야 하는 것일까? 여기에도 사람마다 차이가 있다. 우연히 사람들을 만나면서 세상을 향해 마음을 열고 다가가는 사람이 있는가 하면, 의도적으로 새로운 형태의 관계를 찾는 사람도 있다.

° 앞이 잘 보이지 않고 외로움을 느끼는 90세가 넘은 한 노부인은 학생들에게 책을 읽어 달라고 부탁하고 책 내용에 대해 학생들과 토론하며, 그들과 함께 보내는 시간에 대해 보수를 지급한다. 그녀는 이 시간을 선물처럼 여긴다. 이는 세상을 향해 다시 다가가는 방법 중 하나며, 그 외에도 아주 많은 방법이 있다.

세상을 떠난 배우자와 함께 보낸 시간을 기억하는 것은 많은 사람에게 중요한 부분을 차지한다. 즉 배우자가 더 이상 곁에 없다는 아쉬움만 느끼는 것이 아니라, 함께 살아온 삶을 감사하는 마음으로 돌아보기도 한다.

젊은 사람들과 마찬가지로 노인들도 상실감에 우울증 반응을 보일 수 있으며, 이 경우 심리 치료 도움을 받아야 한다. 융에 따르면 인간은 소위 개성화 과정을 통해 죽을 때까지 성숙할 수 있다. 이는 융의 심리 치료에서 공통된 의견이다. 개성화 과정은 우리 인간이 자신을 점점 더 많이 발견하고, 우리 안에 내재되어 있지만 한 번도 경험하지 못한 것을 깨닫는 평생의 발달 과정이다. 개성화 과정은 우울증 치료에서도 매우 중요하며, 본래의 자아가 지닌 중요한 인성 요인들을 발전시켜 우울증에서 벗어나도록 도움을 줄 수 있다.

하지만 나는 기본적으로 노인들이 스스로 적절하다고 생각하는 대로 슬퍼할 권리를 가지고 있다고 생각한다. 다만 문제가 되는 경우는 이들이 더 이상 세상을 향해 더듬이를 펼치지 않고 외로움을 느낄 때, 배우자가 세상을 떠난 후 자신도 마치 '함께 죽은 것' 처럼 느끼고 삶과 죽음의 중간 어디쯤 살면서 '살아 있는' 사람들을 감정적으로 포기했을 때다.

노인들, 특히 나이가 아주 많은 고령자는 상실에 대한 슬픔이 잦아들면서 외로움을 느끼기도 하지만, 자신과 나이가 비슷한 사람이 이미 여럿 세상을 떠났다는 사실, 그리고 인지 및 감정 기능이 퇴화하여 더 이상 '예전 같지 않은' 노인들도 많다는 사실 때문에 외로움을 느끼기도 한다. 이러한 경험은 무력감과 두려움을 유발하고 사람을 외롭게 만든다. 정서적 외로움은 유대감과는 반대 개념인, 버림받았다는 느낌과 연관된 경우가 많다.

버림받는 것은 아동기의 큰 주제다. 버림받은 갓난아기는 생존할 수 없다. 버림받는다는 문제는 죽음에 대한 두려움과 감정적으로 연결될 수 있다. 모든 사람의 생애에는 버림받음의 문제가 어느 정도 존재한다. 어렸을 때 확실하게 보호받는 경험을 하지 못하고 늘 버림받았다는 감정을 느낀 사람은 외로움에 더 강하게 반응한다. 다시 말해 버림받는 것에 대한 어린 시절의 두려움이 계속해서 되살아날 수 있다. 그리고 이러한 두려움은 비현실적인 두려움이기 때문에 주변 사람들이 잘 이해하지 못한다. 삶을 잘 헤쳐 나갈 수 없다는 느낌이 커지면 어린 시절에 겪은 정서적 문제들이 다시 나타날 수 있다.

정서적 외로움을 경험하는 또 다른 이유는 '똑같이' 생각하고 '똑같은 것'을 경험한 세대가 점점 사라지고 있기 때문이다. 상당히 젊은 노인들도 세상에서 일어나는 일에 다소 놀라며 "나의 세계관, 내가 중요하게 생각했던 가치들이 이제는 완전히 한물갔어."라고 말한다. 같은 생각을 가진 다른 사람들과 이러한 인식을 공유할 수 있다면 견디기가 더 쉬워진다. 고령자들은 정서적, 사회적 외로움에 대해 자주 하소연하는 반면, 젊은 사람들과 인맥을 많이 쌓아 놓은 사람들은 이러한 불평이 덜하다. 노년층은 젊은 사람들과의 이러한 인맥을 기쁘게 생각하면서도 비슷한 삶의 경험을 공유할 수 있었던 동년배와의 관계를 여전히 그리워한다. 한편 살아오면서 혼자 잘 지내고 자신만의 세계를 소중히 여기는 법을 익힌 사람은 조금 더 수월하게 살아갈 수 있다. 그럼에도 다른 사람과의 고무적인 상호 작용과 대화가 부족하며 정서적, 신체적 접촉이 부족하다고 느낀다.

　° 75세의 한 노인이 이렇게 말했다. "나는 나 자신과 대화를 아주 잘해요. 직장에서 늘 그래 왔지요. 하지만 혼자 이야기할 때면 나와 의견이 다른 누군가가 있으면 좋겠다는 생각이 들고, 그러한 생각이 들 때면 내가 아직 존재하는 것처럼 느껴져요."

　큰 상실을 겪은 후에 경험하는 외적 또는 내적 문제들을 스스로 잘 해결하시 못할 때, 믿고 의지할 수 있는 사람을 다시 찾은 노인들은 기본적으로 삶을 더 잘 살아간다.[30] 즉 애도 과정에서 아주 중요한 작업 중 하나는 유대감을 형성할 수 있는 새로운 인물을 찾는 것이다. 이 인물은 기존의 인맥 안에 있는 사람이었지만, 배우자와의 돈독한 관계 때문에 그 당시에는 중요하지 않았던 사람일 수도 있다. 새로운 애착 인물 역시 언젠가 죽을 수 있다는 것을 알면서도 그 사람을 신뢰하는 데는 용기가 필요하며, 그 사람에게 믿음이 생기면 성공한 것이다. 누군가를 신뢰하는 것은 삶에 꼭 필요하다.

새로운 애착 인물과는 다양한 형태로 관계를 맺을 수 있다. 이를테면 또다시 찾아온 사랑의 관계일 수도, 다소 친밀한 우정의 관계일 수도, 믿을 수 있는 사람과의 직업적인 관계일 수도 있다. 떠나보낸 사람에 대한 애도 작업이 선행되지 않는 경우, 새로운 애착 인물을 받아들이는 것이 불가능하다. 그 누구도 떠난 사람과 같은 사람이 아니기 때문에, 다시 말해 처음부터 새로운 애착 인물로서 적합하다고 생각되는 사람이 없기 때문이다. 그러나 애착 대상이 절실히 필요한 상황에서 원래의 애착 인물에 여전히 집착하고 다른 애착 인물을 모두 거부하는 경우 큰 내적 갈등을 겪을 수 있다.

° 이와 관련하여, 한 78세 노인이 다음과 같이 말했다. "나는 일상적인 일들을 함께 이야기할 누군가가 절실히 필요해요. 하지만 아무도 고인이 된 내 아내처럼 할 수 없어요. 아내는 이제 더 이상 여기에 없어요. 나는 아주 막막하고 무력해서 어떻게 해야 할지 모르겠어요. 모두가 나를 좋아하지 않아요."

그는 자신에게 도움을 줄 수 있는 '모두'를 자신이 거부하고 있다는 사실을 깨닫지 못한다. 심리치료사가 일시적으로 애착 인물의 역할을 맡을 수는 있겠지만, 사실상 본래의 애착 인물을 대체하지는 못한다. 왜냐하면 애착 인물과의 관계는 때때로 일상생활을 공유할 수 있는 사람과의 상호적인 관계이기 때문이다.

슬픔을 겪는 당사자가 충분한 애도 작업을 거친 후 상실을 수용하고 자신의 운명을 받아들일 수 있게 되면 새로운 애착 인물과 다시 관계를 맺을 수 있다. 또한 이 새로운 애착 인물도 가능한 경우 상대로부터 지지를 받기도 한다. 상실감이 어느 정도 잊힌 후 새로운 애착 인물을 의식적으로 선택한 경우, 새롭게 교류할 수 있는 기회에 감사함과 함께 큰 안도감을 느낀다. 아들이나 딸이 애착 인물의 역할을 자동으로 '물려받는' 경우, 이 관계는 좋든 나쁘든 그들이 함께

4. 삶의 방향성을 새롭게 만드는 감정들

공유한 수년간의 경험으로 채색된다. 그러나 수많은 연구에서도 알 수 있듯이 상실의 슬픔을 겪는 많은 사람은 새로운 애착 인물을 다시 찾는다 해도 무엇보다 따스한 애정이 부족하다고 느낀다. 그들이 자기 삶을 개선하기 위해 원하는 것은 따스한 애정,[31] 특히 신체적 접촉이다.

자신의 죽음에 다가서기

친밀한 애착 인물의 상실을 비롯하여 노년기에 겪는 다양한 상실 경험은 자신의 죽음에 대해서도 생각하게 만든다. 이는 또한 애도 과정에도 변화를 불러온다. 즉 생을 마감한 배우자와 이별하는 과정에서 남겨진 자신도 자기 삶과 어느 정도 이별하게 된다.

° 거의 90세에 가까운 한 여성은 과거를 회상하면서 최근에 세상을 떠난 배우자와 함께 얼마나 즐겁게 춤췄는지를 다시 떠올리며 말했다. "그래요, 이제는 다 끝났어요. 완전히 끝났어요. 하지만 적어도 그러한 경험과 추억은 가지고 있죠." 그런데 이는 단지춤에 관한 문제만은 아니었다. 자신이 추억 속에서

라도 춤출 수 있다는 생각을 하면서 살아 있는 자기 삶의 한 측면에 감사하는 동시에 아쉬움을 느끼며 작별을 고하는 것이기도 했다.

자신의 죽음에 아주 천천히 익숙해지는 것은 노년기의 발달 과제다. 루돌프 알렉산더 슈뢰더Rudolf Alexander Schröder의 시에도 이러한 내용이 언급되어 있다. 이 시의 마지막 구절을 살펴보자.

° 늙은 나에게는 놀라운 일이다.

나는 많은 것을 잊어버렸고 새로운 것을 배워야 한다.

이제 시간이 되었다.

밤과 그 별들과 친구가 되어야 할 시간이.[32]

자신의 죽음에 익숙해짐으로써 삶의 특별한 순간들, 이를테면 봄에 느낀 기쁨, 오래전에 겪은 강렬한 경험에 대한 기억 등을 다시 감정적으로 강렬하게 느낄 수 있게 된다. 자연의 아름다움, 살아 있는 것들의 아름다움이 보이고 이를 즐길 수 있다. 이러한 즐거움은 사라지는 것, 세상을 떠나는 것과는 대조적이다.

상실에 대한 슬픔, 안정감과 소속감의 상실에 대한 대처, 불가피하게 능력을 상실하는 것에 대한 슬픔, 나아가 삶을 상실하는 것에 대한 슬픔, 아직 경험할 수 있는 생동감과 아름다움에 대한 기쁨 등, 이 모든 것은 노년기에 서로 뒤섞여 있다. 물론 애도 자체도 하나의 중요한 주제이긴 하다. 하지만 노년기의 애도 과정은 젊은 시절보다 어느 정도 더 침착한 마음으로 경험되며, 일종의 감사함과 평안함을 느낄 만한 지점이 많다. 이와 관련된 다양한 연구에서는 모든 상실에도 불구하고 '노년기에 긍정적인 감정이 부정적인 감정을 능가한다'는 결과를 보여 준다.[33]

추억, 우리 삶의 자원

애도한다는 것은 회상한다는 의미이기도 하다. 말하자면 살아온 삶을 마음속 느낌으로 간직하기 위해 회상하고, 고인과 함께한 삶을 상상 속에서 그려 보기 위해 회상하며, 동시에 놓아주고 잊기 위해 회상하는 것이기도 하다. 노인들이 애도할 때는 자연스럽게 고인과 보냈던 중요한 삶의 경험들을 회상한다. 즉 고인과의 관계에서 이정표가 될 만한 중요한 사건들뿐만 아니라 특히 웃겼던 상황, 특히 짜증 났던 상황, 특히 마음 상했던 상황들도 회상한다는 뜻이다. 젊은 사람들에 비해 노인들의 이러한 회상 작업은 고인과의 관계에만 국한되는 것이 아니라 삶 전반에 걸쳐 관련이 있으며, 고인의 죽음으로 말미암아 끝난 관계는 당연히 중요한 비중을 차지한다. 삶을 돌아보는 상황들이 반복되면서 점차 삶을 전체적으로 바라볼 수 있게 되고, 삶을 마무리할 수 있게 된다. 이는 노년기에 다양한 삶의 경험을 기억하고 평가함으로써 파란만장했던 자신의 삶을 받아들일 수 있다는 에릭 에릭슨Erik Erikson의 견해[34]와 일치한다.

노인들이 작은 모임을 만들어 자신의 삶을 되돌아보는 작업을 할 경우 애도 과정에 도움이 될 뿐만 아니라, 다른 사람들과 정서적으로 소통하고 외로움을 극복하는 데도 도움이 된다. 이러한 모임은 반드시 치료 형태일 필요는 없으며,[35] 그보다는 일정 기간 모임을 하면서 과거의 중요한 상황에 대해 서로 이야기하는 것이 권장된다. 이 모임에서 중요한 것은 우여곡절이 가득했던 자신의 삶과 감정적으로 접촉하는 것이다. '내가 그렇게 했더라면……'이라고 후회하거나 우리가 놓친 것들이 중요한 것이 아니라, 실제로 있었던 일, 내가 살아온 삶의 가치가 중요하다. 때로는 지금까지 자신을 괴롭히는 경험들도 있겠지만, 무엇보다도 자신의 인생 이야기와 접촉하는 것이 중요하다.

4. 삶의 방향성을 새롭게 만드는 감정들

우리는 가능한 한 우리의 감정과 느낌을 담아 자신의 인생사와 접촉해야 하며, 이를 통해 생명감을 되찾는다. 삶을 되돌아보는 형태는 다양하다.[36] 내가 권장하는 형태는 특정 주제를 가지고 회고 작업을 하는 것이다. 이를테면 내가 처음으로 돈을 벌었을 때 어땠는가? 내가 정말 자랑스러웠던 순간은 언제였는가? 나는 어떤 위기를 어떻게 극복했는가? 위기의 순간에 내 모습은 어땠는가? 나의 주변 사람들은 어땠는가? 이런저런 상황들을 최대한 생생하게 재현하면서 서로 이야기한다.

삶을 돌아보는 작업을 할 때는 상상력이 필요하다. 상상력은 누구나 가지고 있다. 나이가 들어도 상상력은 줄어들지 않는다. 뇌생리학자이자 신경생리학자인 존 에클스Jhon Eccles는 상상력을 지능과 동등한 것으로 본다. 즉 상상력은 우리 뇌가 가지고 있는 필수적인 능력으로, 나이가 들어도 잃지 않는 능력이다.[37] 물론 어느 정도는 훈련을 통해 습득할 수 있지만, 기본적으로 상상력은 우리 안에 내재한 훌륭한 자원이다.

° 과거에 높은 산을 오르던 남자가 이제는 몇 걸음조차 걷는 게 힘들어지자 이렇게 말했다. "그럴 때면 눈을 감고 8천 미터 봉우리에 올랐을 때를 회상하면

서 특정한 상황들을 반복해서 떠올려요. 등산 전체
를 떠올리는 것이 아니라 그 일부 과정을요. 그때 어
떤 느낌이 들었는지, 어떤 냄새가 났는지, 야영지는
어땠는지, 얼마나 춥고 끔찍했는지 등을요. 그리고
다시 눈을 뜨면 현실에서는 이제 거의 걸을 수 없다
는 것을 깨닫지요. 하지만 나는 아주 만족스러워요.
다시 나의 산을 올랐으니까요." 그의 말이 맞다. 그
는 상상 속에서 자신의 산을 올랐다. 누구도 그에게
서 이 경험을 빼앗아 갈 수 없다.

우리는 모두 상상력이라는 재능을 가지고 있다.
예를 들어 우리가 막 성인이 되던 스무 살에 겪은 정
말 흥미로웠던 일을 이야기하려고 할 때, 당시 우리의
모습과 우리가 살았던 환경 등을 최대한 생생하게 머
릿속에 그린다. 이러한 시각화를 통해 우리는 과거의
상황을 재현하고 당시에 느꼈던 감정을 다시 한번 경
험한다. 말하자면 회상하는 상상력을 통해 어떤 결정
적인 일이 일어났던 삶의 지점으로 돌아가 그것을 현
재의 경험으로 가져온다. 이는 특히 우리가 잘못했던,
또는 잘못했다고 생각하는 일을 떠올릴 때 중요하다.
우리는 자신의 잘못, 즉 자신의 생애에서 제일 지우고
싶은 상황들을 현재의 관점에서 판단하는 경우가 많

다. 과거의 일을 현재의 시점으로 판단하는 것은 우리 자신에게 부당한 일이다.

° 87세의 남성은 17세 때 한 소녀를 임신시키고 아이를 낳게 한 후 입양 보냈던 일을 지금까지도 힘들어한다. "다른 선택을 했으면 훨씬 쉬웠을 텐데."라고 그는 말한다. 다른 선택이라……. 아마 두 사람이 함께 살면서 아이를 키우는 선택이었을 것이다. 이는 87세의 관점과 인생 경험으로 볼 때 '아주 쉬운 일'일지 모르겠지만, 70년 전에는 분명 쉬운 일이 아니었다. 그는 어린 시절 수습생이 되어 기쁨에 가득 차 있었을 때 자신의 아버지가 학비를 대기 위해 돈을 열심히 벌어야 했던 모습을 떠올리면서 '보고 느낀' 후에야 그렇게 하는 게 전혀 쉬운 일이 아니었고, 자신과 자신의 곁을 지켜 준 사람들이 그 상황에서 할 수 있었던 최선의 선택을 했다는 것을 감정적으로 깨달았다. 이제 그는 자신을 이해하게 되었고, 아이를 입양 보낼 수밖에 없었던 일을 자기 삶의 일부로 받아들이게 되었다.

삶을 되돌아보는 것은 우리의 기억력에 기인한다.

우리가 정신적으로 살아 있는 한 누구도 우리의 기억을 빼앗을 수 없다. 우리는 과거의 경험을 생생하게 떠올려 평온하게 다시 경험할 수 있으며, 시간이 있다면 그 의미를 곱씹어 보며 기쁨을 느낄 수 있다. 운명조차 기억에 개입할 수 없다. 말하자면 기억은 상당히 안전한 것이다.

그러나 우리의 기억은 절대로 정확하지 않기 때문에 우리 자신이 기억에 영향을 줄 수 있다.[38] 우리가 기분이 좋을 때는 즐거운 상황을 떠올리게 된다. 그렇기 때문에 기쁨을 느꼈던 상황, 자랑스러웠거나 흥미로웠던 상황을 먼저 떠올리는 것은 의미가 있다. 유치원생 또는 초등학생이었을 때 어떤 기쁨을 느꼈는가? 그때의 기쁨이 — 물론 지금의 나이에 맞게 달라진 형태로 — 현재 내 삶에 여전히 존재하는가? 우리가 그때 느꼈던 기쁨을 지금 이 순간 다시 되살려 떠올리면 자존감이 높아지고 기분이 전반적으로 고양된다. 이를 통해 기분이 좋아지고 다른 사람에게 더 가까이 다가가게 되며, 더 다정한 마음을 갖게 되고, 우리가 살아온 삶을 호의적인 시선으로 바라볼 수 있다. 그렇게 되면 후회되는 상황에 대해 더 이상 괴로워하지 않고 그 자체로 남겨 둘 수 있다. '그때는 그랬지.'라고 말이다. 삶에는 여러 다양한 경험이 존재한다. 자신에게 기쁨과 흥미를 가져다준 경험, 자신이 살아 있다고 느껐던 상황을 찾는 것은 자존감과 삶의 만족도를 높이는 데 도움이 된다. 이는 다시 긍정적인 기분과 행복감을 강화하는 또 다른 기억에 영향을 미친다.[39] 이를 통해 미래를 바라보는 관점이 달라질 수 있다. 즉 미래에 여전히 좋은 일이 일어날 수 있다고 생각하거나 적어도 지금까지 자기 삶을 아주 유능하게 이끌어 왔다는 자신감을 바탕으로 미래를 바라보며, 미래를 상실과 두려움의 측면에서만 바라보지 않게 된다.

우리가 삶을 되돌아볼 때 생애의 경로를 따를 필요도 없고, 어떤 식으로든 완전할 필요도 없다. 삶을 되돌아보는 목적은 우리가 살아온 삶, 즉 좋았던 일, 좋지 않았던 일, 후회스러운 일, 평범한 일 등을 감정적으로 다시 느끼고 그 가치를 인식하는 것이다. 특히 노년기에 기력이 약해지고 다른 사람들의 삶에서 자신의 역할이 점점 줄어드는 경험을 하면서 자신의 정체성에 대해 다시 한번 새롭게 경험하게 된다. 여기서 정체성은 단순히 '늙은 여자' 또는 '늙은 남자'라는 정체성이 아니라, 다양한 경험을 지닌 노년기의 자아를 의미한다.

인생을 되돌아보는 작업은 풍부한 상상력을 바탕으로 자신의 이야기를 생동감 있게 전달하고, 듣는 사람도 상상력을 발휘하여 이를 경청할 때 매우 효과적이다. 말하는 사람이 자기 경험을 이야기하면 듣는 사람은 자신의 경험과 기억을 일깨우게 되며, 이러한 식으로 모든 경험과 기억이 되살아나면 생동감을 얻을 수 있다. 이야기하는 것은 회상 작업의 중요한 부분이다. 우리의 기억은 정확하지 않을 때가 많고 대략적일 뿐이다. 이야기를 하면서 우리는 이러한 희미한 기억을 언어로 표현하고 형상화하고 구체화하여 전달할 수 있다. 정보와 달리 이야기는 상상 및 감정과 관련이 있다. 이야기를 듣는 사람은 이야기가 전달되는 공동의 공간에서, 이야기하는 사람과 연결된다. 이를테면 우리는 일상에서 상대에게 이야기를 전할 때 이렇게 시작한다. "나한테 무슨 일이 일어났는지 한번 상상해 봐." 이처럼 우리는 다른 사람의 상상력을 끌어내어 함께 이야기 속으로 빠져든다.

또한 애도 작업이 이야기와 함께 이루어지기도 한다. 고인의 삶에 대한 많은 추억이 그를 떠나보낸 슬픔을 겪는 당사자의 추억이기도 하기 때문이다. 이야기를 하는 작업은 아직 진행 중인 애도 과정에서도 중요하지만, 죽음을 보다 근본적으로 대면하는 것이기도 하다. 다시 말해 이야기를 하는 과정에서 화자는 죽음과 덧없음을 마주하게 된다. 그리고 이러한 이야기 작업은 우리에게 좋은 일을 베풀어 준 사람들에 대한—이제는 더 이상 그들에게 직접 말할 수 없더라도 — 감사함과 고마움을 일깨워 주는 경우도 많다.

이야기하면서 삶을 되돌아보는 이러한 작업은 노인 시설에서도 자주 활용된다. 특히 이 작업은 사람들이 다른 사람의 이야기를 잘 경청할 때 효과를 발휘한다. 모두가 알다시피 노인들은 듣고자 하는 욕구보다 이야기하고 싶은 욕구가 더 크다. 삶을 회상하는 이야기를 하는 모임에서는 당연히 모두에게 이야기할 시간과 경청할 시간이 충분히 주어진다. 이야기를 능숙하게 하지 못하는 노인들이라도 누군가 자신의 이야기에 귀 기울여 준다면 자기 삶에 대해 이야기하는 것을 좋아한다.

삶을 돌아보는 이러한 정서적 방식은 한편으로 활력을 불어넣고 자존감과 행복감을 향상시키며 우울증을 감소시킨다. 이에 관련된 다양한 연구가 있기는 하지만, 사람마다 인생을 회상하는 형태가 매우 다르기 때문에 연구 결과에 다소 부족한 면이 발생하기도 한다.[40] 이렇게 삶을 돌아보는 많은 사람이, 자신이 어떻게 살아왔고 어떻게 어려움을 극복했는지에 대해 스스로 놀란다. 이 과정에서 사람들은 아주 큰 위기보다는, 작지만 큰 의미가 있었던 일상의 수많은 위기를 기억 속에서 떠올릴 뿐만 아니라, 아름다운 일상의 경험들을 회상하며 다시 느껴 보기도 한다. 또한 자기 삶에 대한 만족감, 때로는 자부심까지 느낀다. 그리고 삶을 회고하는 모임의 사람들이 서로 친근해지면 이러한 기쁨을 공유할 수 있고, 이를 통해 그 기쁨은 더욱 커진다. 또한 다른 사람들도 이렇게 기쁨이 커 가는 모습을 보면서 인정하게 된다. 이러한 모임에서 중요한 것은 처음부터 서로 다정한 시선으로 바라볼 것을 권장하고 분위기에 따라 이를 강화하는 것이다.

° 이러한 만족감은 인생의 마지막 단계를 바라볼 때도 중요하다. 중증 질환을 앓고 있는 한 76세 남성은 이렇게 말했다. "이제야 깨달았어요. 어려운 상황에서도 항상 내게 어떤 해결책이 떠올랐거나 제 주변에서 좋은 일이 있었다는 것을요. 죽음이 다가오는 지금도 아마 다르지 않을 거예요."

사람들은 삶을 되돌아보면서 자신에게 여전히 무엇이 중요한지, 꼭 한 번 또는 다시 한 번 이루고 싶은 것이 무엇인지를 문득 깨닫기도 한다.

° 한 90세 노인에게 스무 살 전으로 되돌아가는 상상

4. 삶의 방향성을 새롭게 만드는 감정들

을 해 보라고 하자, 그는 자신이 그 당시에 비엔나 왈츠Wiener Walzer 춤을 꼭 배우고 싶었으나 한 번도 배우지 못했으며, 이 사실을 완전히 잊고 지냈다는 것을 기억해 냈다. 그리고 지금이라도 그 꿈을 이루어야겠다고 생각했다. 그는 댄스 수업을 들은 뒤 노인 요양 시설에서 인기 있는 댄서가 되었다.

° 한 85세 여성은 자신이 열두 살 때 아이들에게 책 읽어 주는 것을 얼마나 좋아했는지 떠올렸다. 그녀는 그 당시의 상황 속으로 흠뻑 빠져들어 자신이 책 읽는 것을 얼마나 좋아했는지, '입을 벌리고' 책 내용을 귀담아듣는 아이들의 모습, 이런 아이들의 모습에 더 풍부한 표정으로 책을 읽어 준 자신의 모습을 이야기했다. 정말로 멋진 느낌이었다는 것이다. 그녀는 한 치의 망설임도 없이 이제 다시 책을 읽어 주는 시간을 갖기로 결심했다. 그러자 모임에 있던 사람들은 그녀가 어떤 책을 읽어 줄지 궁금해했다. 그들은 자신이 특별히 재미있게 읽었던 책뿐만 아니라 최근에 읽은 책 혹은 읽고 싶었지만 글씨가 너무 작아서 다시 내려놓았던 책을 기억해 냈다. 마치 기억이 전염되듯 많은 새로운 기억들이 깨어났다.

우리 인간은 누군가 이야기하는 많은 경험, 이를 테면 3미터 높이의 다이빙대에서 처음으로 뛰어내렸던 기억과 그 경험들을 하면서 느낀 감정과 의도를 서로 이야기하며 공유한다. 이처럼 공동으로 삶을 돌아보는 과정에서, 잊힐 위기에 처했던 보물 같은 기억의 접점들이 수집된다.

° 한 남자가 추억에 흠뻑 취해 자신이 어렸을 때 날고 싶다는 희망을 안고 비행기를 만들어 보려 했다고 이야기했다. 그는 자신의 희망과 실망에 관해서도 이야기했다. 그러자 사람들이 그에게 많은 질문을 던졌다. 어떤 시도를 했는가? 얼마나 전문적이었는가? 누가 도와줬는가? 그리고 이러한 대화를 통해 다른 사람들도 자신이 만들어 보고 싶었던 것, 창작해 보고 싶었던 것을 떠올렸고, 무엇보다 음악에 대한 기억, 그림을 접했을 때의 기억, 건축물에 대한 기억을 떠올림으로써 그때 느꼈던 삶의 감정들을 되새겼다.

누군가 이러한 기억들을 떠올릴 때마다 이 기억들은 다른 사람들에게 전염된다. 물론 모든 사람이 전염되는 것은 아니지만, 많은 사람이 문화를 접하며 느

4. 삶의 방향성을 새롭게 만드는 감정들

껐던 많은 자극과 기쁨을 다른 사람의 회상을 통해 다시 느낄 수 있다. 문화를 접할 기회가 적었던 사람들은 다른 사람의 문화 경험 이야기를 듣고 언젠가 미술관을 한번 가 봐야겠다는 계획을 세우기도 한다.

또 어떤 사람들은 자연 속에서 경험한 내용을 이야기함으로써 다른 사람의 기억 속에서 이와 비슷한 경험을 끄집어낸다. 이러한 기억을 통해 아주 평범한 우리 삶이 얼마나 풍요로운지, 우리를 매혹하는 상황이 얼마나 많은지 분명히 알게 된다. 하지만 우리는 이러한 기억들을 거의 잊고 살았다.

° 어느 모임에서 한 80세 노인이 자신의 꿈을 이야기했다. "여러분, 한번 상상해 보세요. 내가 다시 열두 살로 돌아가 체리를 서리하는 꿈을 꿨어요. 진짜 어릴 때와 똑같았어요. 혹시라도 농부한테 들켜서 언어맞을까 봐 엄청 주위를 살폈다니까요. 나는 꿈속에서 매우 조심조심 체리를 땄어요. 그런데 꿈에서 깨어나니 정말로 기뻤어요. 상상해 보세요, 그 느낌을. 지금은 제대로 움직일 수도 없는 내가 다시 어린 아이가 되어 가뿐하게 체리 나무에 오르는 기분을요! 꿈속에서 나는 정말 좋았어요. 기분이 정말 좋았고 위로도 됐어요."

우리는 이러한 꿈을 꽤 자주 꾼다. 물론 의식적으로 제한된 운동 능력을 무의식적으로 보상하고 이를 통해 기분을 고양하기 위해 이러한 꿈을 꾼다고 볼 수도 있다. 그러나 자신에게 내재한 창의성이 수면 중에 표현된 것을 꿈이라고 이해한다면 꿈속에 나타나는 모든 모습이 꿈을 꾸는 당사자의 여러 단면 중 하나라고 쉽게 가정해 볼 수 있다.[41] 이는 우리가 나이를 먹어도 우리 안에는 모든 연령대의 자신이 동시에 존재한다는 의미일 것이다. 이 사실을 우리가 항상 느끼지는 못하더라도 말이다. 우리는 어린 시절의 사진을 보면서 '애가 나야!'라고 말하지 '애가 나였어!'라고 말하지 않는다. 우리가 거쳐 온 모든 연령대가 우리 정체성의 바탕이 되며, 우리가 지금까지 경험해 온 모든 것은 우리 삶의 연속성을 이룬다. 우리는 과거부터 지금까지의 흔적을 언제나 추적할 수 있으며, 다양한 삶의 상황에서도 항상 '나 자신'을 인지할 수 있다. 이것이 바로 우리 정체성의 일관성이다. 그리고 미래를 내다볼 때는 우리가 지나온 과거도 중요하지만, 열린 미래도 마찬가지로 중요하다. 언젠가 우리가 더 이상 존재하지 않을 때 우리는 어떤 모습이 되어 있을까? 다른 사람들은 우리를 어떻게 바라볼까? 분명히 우리를 그저 노인으로 생각하는 것이 아니라, 인생에서 많은 경험을 하고 고유한 특성을 가진 사람으로 볼 것이다.

° 사람들은 그의 꿈에 대해 또 다른 궁금증이 생겼다. 그가 지금도 이웃집 마당에서 체리를 따고 싶은 마음이 있는지, 누군가에게서 무언가를 훔치는 모험을 아직 하고 싶은지, 그 꿈이 이런 그의 환상을 열두 살 때의 그와 연결해 주었는지 등을 말이다.

추억을 이야기할 때 생기는 친밀감

추억을 함께 공유하는 사람들은 잠재된 기억의 보물 창고를 서로 되살려 줄 뿐만 아니라, 서로에 대한 정서적 친밀감을 키워 나간다. 그들은 전에는 한 번도 말하지 않았거나 적어도 그렇게 감정적으로 말하지 않았던 이야기를 서로에게 들려준다. 이야기를 통해 서로를 알아 가고, 이야기하는 당사자에게는 다소 부끄러운 이야기일지라도 다정한 시선으로 바라보며 삶의 구석진 곳에서 그 기억을 꺼내기도 한다.

중요한 기억에는 사랑스러운 관계에 대한 기억도 있지만, 고통스러운 관계에 대한 기억도 있다. 사랑이 가득한 만남에 대한 기억은 따뜻한 감정은 물론, 그 이상의 것을 유발한다. 신경생물학에 따르면 "다정한 말, 칭찬하거나 격려하는 말뿐만 아니라 눈빛, 몸짓, 표정, 부드러운 접촉과 같은 비언어적 의사소통도 내인성 오피오이드endogenous opioid, 세로토닌serotonin, 옥시토신oxytocin 같은 '긍정적인' 신경전달물질을 활성화한다."[42] '포옹 호르몬'으로도 알려진 옥시토신은 엄마가 아기를 출산할 때, 아기가 엄마의 젖을 빨 때, 피부를 만질 때, 성적 행위를 할 때, 감정적인 사회적 상호작용을 할 때 등 다양한 상황에서 분비된다. 게르하르트 로스Gerhard Roth에 따르면 이러한 상황을 단순히 떠올리는 것만으로도 옥시토신이 분비될 수 있다.[43]

옥시토신이 분비되면 어떻게 될까? 옥시토신은 사람들 간의 유대감을 강화하고 신뢰를 형성하며 공감을 가능하게 한다. 무엇보다 스트레스 상황에서 마음을 진정시키는 중요한 역할을 한다. 캐럴 카터Carol Carter에 따르면 옥시토신은 감정 조절, 정서적 균형, 어려운 삶의 상황에서 다른 사람의 도움을 받아 자신을 안정시키고 발전시키는 능력에 큰 영향을 미친다. 카터는 옥시토신이 신체의 염증 처리와 조직 치유 과정에서도 치료 효과가 있다고 본다. 옥시토신은 안전하게 보호받고 있다는 느낌이 들게 하고, 두려움 없이 다른 사람들에게 공감하며 가까워질 가능성을 촉진한다.[44] 카터는 이 모든 것이 인간의 유대가 얼마나 중요하며, 이러한 유대감이 부족할 때 얼마나 악영향을 미칠 수 있는지 보여 주는 증거라고 생각한다. 카터에 따르면 옥시토신은 기본적으로 사람들 간의 상호 작용을 장려하며 함께 무언가를 만들어 나가는 기쁨을 촉진한다.

앞에서 언급했듯이, 옥시토신이 분비되었던 상황을 떠올리거나 긍정적인 유대감 및 사회적 만남의 경험을 떠올리기만 해도 옥시토신이 분비된다는 사실은 특히 노화와 관련해서 볼 때 흥미롭다. 기억을 떠올림으로써 그때 느꼈던 감정이 되살아나고 옥시토신이 분비되는 것이다. 이는 인간이 과거의 추억을 떠올림으로써 기분이 좋아지고 신뢰와 사랑이 가득해지며 안정감을 느끼고 강해지는 이유일 수도 있다. 또한 첫사랑과 같은 다정한 상황들을 회상하면 단순히 기분이 좋아지는 것도 이 때문일 수 있다. 하지만 모두가 이에 동의하는 것은 아니다. 이러한 상황을 떠올리면 불만족스러움을 느낄까 봐 두려워서 기억하고 싶어 하지 않는 사람들이 있다. 이를테면 과거의 애정 관계가 지금은 더 이상 존재하지 않는 사람들처럼 말이다. 물론 많은 경우 그럴 수도 있지만, 옥시토신이 전혀 없는 것보다는 기억을 통해 옥시토신을 분비하는 것이 더 나을 수 있다. 이론이 맞다면 기억을 통해 옥시토신이 분비됨으로써 사람들이 서로 더 공감하고 조심스럽게 대하며 서로에게 애정을 더 갖게 될 것이다. 그렇게 되면 분명 신뢰도 커질 것이다.

인생 회고에 관한 연구들은 우리가 긍정적인 사회적 상호 작용을 더 많이 떠올리고, 무엇보다 그러한 기억이 떠오를 때 그 기억을 의식적으로 뚜렷하게 회상할 것을 권장한다.[45] 그리고 긍정적인 사회적 상호 작용에 대한 기억은 이야기를 들려주는 과정에서 소환된다.

° 한 여성에게 부끄러웠던 상황을 떠올려 보라고 요청했다. 그녀는 초등학교 1학년 때 화장실에 가도 되냐는 질문을 하기가 창피해서 바닥에 오줌을 싼 적이 있다고 말했다. 친구들이 큰 웃음을 터뜨렸고, 그녀는 부끄러워서 어쩔 줄을 몰랐다. 그때 같은 반이었던 한 여자아이가 그녀의 체육복 가방을 가져와 "네 체육복 바지로 갈아입어."라고 말하고 바닥을 닦아 주었다. 그녀는 그 친구를 영원히 잊지 못했고, 지금도 그 친구의 다정하고 다소 연민 어렸던 표정을 떠올린다.

이 여성이 어렸을 때 놀라운 인생 경험을 한 것처럼, 당황스러운 상황에서 다정한 시선은 심리적 상황을 완전히 바꿀 수 있다. 그 친구는 그녀가 스트레스를 극복하도록 도움을 주었다.

4. 삶의 방향성을 새롭게 만드는 감정들

과거에 우리에게 좋은 영향을 미쳤던 상황들, 우리에게 큰 기쁨을 느끼게 해 준 이러한 상황들을 다시 기억하고 인식하는 것이 중요하다. 이러한 기억들은 다른 사람들에 대한 신뢰를 직접적으로 강화해 준다. 나쁜 기억은 저절로 떠오르는 경우가 많지만, 좋은 기억은 우리가 의식적으로 노력해서 가꿔 나가야 한다. 그렇게 해야 우리에게 유익하게 작용한다.

고통스러웠던 만남이나 힘들었던 관계에 대한 기억은 좋은 경험이나 나쁜 경험의 기억 속에 그대로 남아 있을 수 있다. 과거의 그러한 경험을 더 이상 바꿀 수는 없다. 이러한 경험을 자신의 잘못 때문이라고 느낄 경우, 자신의 죄책감을 하나의 사실로 인정하는 것 또한 인간적인 품격일 수 있다. 즉 깊이 후회하지만 그렇다고 없던 일로 만들 수 없는 일을 우리가 저질렀다는 사실을 인정하는 것이다. 어쩌면 우리는 상황을 다시 좋게 만들려고 여러 노력을 했을 수도 있다. 그러나 우리가 자신이 기대하고 바라던 것보다 훨씬 뒤떨어졌다는 사실이 바뀌지는 않는다. 인간의 품격은 일어난 일을 부정하는 것이 아니라 자신이 부족하고 어두운 그림자를 가진 인간이라는 사실을 받아들이는 데 있다. 죄책감을 느끼게 한 이러한 경험들을 수용하지 못하고 마음이 계속 괴롭다면 치료 요법이 필요하다. 이때 장기간에 걸친 심리 치료를 받을 필요는 없으며, 자기 삶에서 스스로 정리할 수 없는 몇 가지 문제를 해결하는 것으로 충분하다.

개인의 기억과 문화적 기억

자신이 살면서 겪은 과거의 경험들을 다른 사람과 함께 떠올리면 개인적으로 더 많은 내용을 기억하게 된다. 기억은 우리 자신의 삶에 관한 것일 뿐만 아니라, 우리가 듣고, 읽고, 본 모든 것과 연결되어 있다. 우리가 읽었던 작품, 그리고 그 작품이 우리에게 어떤 의미였는지를 우리는 기억할 수 있다. 또한 우리는 2천 년 전에 고대 철학자들이 생각하고 쓴 글을 읽고 그에 대해 숙고하며, 그 사상이 현재 우리 상황에서 개인적으로 어떤 의미인지 고민함으로써 인류의 초기 시대로 돌아가 공감할 수 있다.

우리가 책이나 기록 보관소 등을 통해 접하는, 무궁무진한 창의적 작품들을 아우르는 인류의 역사 또한 우리 개인사의 일부다. 그리고 우리의 능력이 허락하는 한 다른 사람들이 이미 기록해 놓은 삶과 죽음에 대한 생각을 탐구하는 것은 무한한 풍요로움을 안겨줄 수 있다. 이를 통해 우리는 우리 삶을 초월하면서도 여전히 지금 이 순간에 영향을 미치는 무언가와 연결된다. 삶과 죽음은 결코 나 한 사람에 관한 것이 아니다. 예를 들어 나는 세네카의 글들을 아주 즐겨 읽으며, 그의 글을 읽으면서 어떤 면에서는 그와 가까워짐을 느낀다. 무엇보다도 그는 감정, 실존적 문제, 삶의 기술 등 나의 관심사와 비슷한 주제에 관심이 많았다. 세네카를 읽는 것이 나에게 어떤 의미일까? 나는 세네카의 글을 읽을 때 그를 비롯하여 다른 사상가들과 연결되어 있고 내 삶이 확장되어 가는 것을 느낀다. 세네카의 글은 단지 나에 관한 것이 아니라, 삶과 죽음 그 자체에 대한 생각이며 과거에서 현재에 이르기까지 사람들의 생각에 대한 것이다. 사상가, 화가, 음악가 등 어떤 식으로든 삶, 행복과 실패, 환희와 절망을 창의적으로 다루고 이를 표현하기 위해 그림, 언어, 멜로디를 찾아낸 사람들이 촉발한 이러한 기억들은 모든 삶을 풍요롭게 하고 우리의 기억을 확장한다.

그러나 이러한 기억은 단지 좋은 경험에 대한 기억만이 아니라, 인간의 고민, 특히 노화와 관련된 인간의 근심에 관한 것이기도 하다.

5. 받아들일 것들과 극복할 것들

독립적이지만 의존할 수 있는

노년기, 특히 생의 마지막에 사람들은 무엇을 원할까?
여러 연구에 따르면 가능한 한 적은 고통, 친구 및 가
까운 사람들과의 좋은 관계, 정신적으로 맑은 상태,
누구에게도 짐이 되지 않는 것 등을 원한다.[1] 실제로
우리 세대뿐만 아니라 나이 들어 가는 모든 사람은 독
립성의 상실을 가장 큰 공포로 생각한다. 사람들은 평
생 자율적으로 살아가려고 노력하며, 그렇게 사는 것
이 가능하다고 착각한다. 어떤 저항에도 자율적으로
살아가는 것을 우리의 자유라고 생각하기 때문이다.
그리고 끝까지 자율성을 갖고 살 수 있으리라 생각하
지만 이것은 허황된 꿈이다. 사람들은 외부 영향에서
어느 정도 벗어나면 자신의 삶을 변화시킬 수 있고,
주체적으로 행동할 수 있는 여지가 있다고 생각하므
로 충분히 이러한 허황된 꿈을 꿀 수 있다.

자립, 자율적인 삶, 자주성, 이 모든 것은 오늘날의 사람들에게 큰 가치를 지닌다. 우리는 자립적으로 성장하도록 교육받고, 부모와 교육자가 가르쳐 준 것을 내면화한다. 외부의 지시가 내부의 지침과 가치가 된다. '가능하다면 문제를 스스로 해결해라!' '다른 사람이 대신 생각하게 하지 말고 너 스스로 생각해라!' '자기 책임', '자기 관리'와 같은 단어를 비롯하여 자립, 자율성과 연관된 기타 표현들은 오늘날 어른과 성숙함을 가리키는 개념에 속한다. 우리는 다른 사람을 거치지 않고 스스로 결정하는 능력을 자기 책임감 있는 인간의 존엄성과 연결한다.

자기 관리는 상대적으로 자유로운 편이다. 말하자면 나 자신을 돌볼 수 있어야 하고, 내가 잘 지낼 수 있도록 내 삶의 기본적인 욕구를 충족하고, 내 삶과 다른 사람들과의 관계에서 균형을 유지할 수 있어야 한다. 이러한 것들은 자기 관리에 포함될 수 있지만, 여전히 숙제가 남아 있다. 즉 성인은 다른 사람들과 소통을 유지하고 자기 관리가 가능한 방식으로 자신을 돌볼 수 있어야 한다. 다시 말해 자기만의 규율과 의지를 가지고 자립성을 유지하고 의존적이지 않아야 한다. 물론 약간의 도움이 필요할 수도 있지만, 내가 언제 도움받을지를 스스로 결정하고, 가능하다면 감사를 표하거나 의존할 필요가 없을 만큼만 도움을 받는 것이다.

우리는 자신의 자립에 대해 큰 환상을 가지고 있다. 이는 자신을 보호하는 마음에서 갖는 환상일 수도 있지만, 그저 착각에 불과하다. 인간은 결코 독립적이지 않으며 의존적이기까지 하다. 우리는 삶이 시작할 때부터 끝날 때까지 감정적으로 다른 사람에게 의존한다. 우리의 생존은 사회적 상호 작용, 사회적 협력 그리고 사회적 지능에 달려 있다. 또한 우리는 우리를 인식하는 사람들, 우리에게 친절하게 대하거나 그렇지 않은 사람들에게 일상적으로 의존하기도 한다. 그러나 무엇보다 우리가 사랑하는 사람들에게 의존한다. 의존하는 것, 특히 서로 의존하는 것은 우리의 사회적 삶에 속하며, 우리가 사람들을 만나고 사랑하는 삶을 사는 데 큰 영향을 미친다. 우리는 그물의 매듭과 연결 고리처럼 서로에게 의존하고 다른 사람들이 우리가 의지할 수 있을 정도로 믿을 만한 사람이며, 그들이 우리를 버리지 않을 거라고 믿는다. 신뢰할 수 없는 사람은 문제를 일으킬 수 있다.

그러나 노년층에게는 이러한 상호 의존에 문제가 발생할 수 있다. 말하자면 노년층은 일방적인 의존 상태가 될까 봐 두려워한다. 더 이상 예전처럼 이러한 상호 의존 관계를 유지할 수 없어서 다른 사람에게 짐이 되는 상황을 두려워한다. 이러한 상황이 되면 과연 자신이 존재할 가치가 있는지 의문이 든다. 우리는 스스로에게 이렇게 물어볼 필요가 있다. 다른 사람에게 짐이 될까 봐 큰 걱정이 들 때 이러한 걱정의 이면에 자신이 실제로 다른 사람에게 짐이 되었을 때 스스로 그 부담을 감당할 수 없을 거라는 두려움이 숨겨져 있는 것이 아닐까? 그렇다면 내가 나에게 짐이 되는 상황이다. 이때는 어떻게 대처해야 할까? 내가 다른 사람에게 짐이 되는 것에 대해 실제로 그렇게 되기 전에 미리 상상할 수는 있다. 노쇠한 노인이 돌보는 사람들에게 정말로 짐이 되는 상황도 있을 것이고, 때로는 사랑스러운 짐이 될 수도 있으며, 때로는 돌봄 서비스와 도움을 받아도 감내하기 어려운 짐이 되는 상황도 있을 것이다.

대체로 우리는 다른 사람에게 짐이 될까 봐 실제로 그렇게 되기 전에 미리 두려워하는 경우가 많다. 이는 미래에 대한 두려움과 불안으로, 언젠가 의존적인 짐이 될 거라고 우려하고 상상하는 것과 관련이 있다. 의존성은 다른 사람이나 다른 것과의 관계 속에서만 가능하다. 말하자면 의존성은 관계 개념이다.[2] 우리는 언제나 관계를 이루며 살아간다. 그렇기 때문에 평생 의존성과 관련된 적절한 행동들을 익힌다. 그러나 원치 않는 의존의 형태도 있다. 이를테면 다른 사람에게 완전히 짐이 되거나 중독성 물질에 의존하듯 다른 사람에게 의존하는 것이다. 우리는 노년기에 이런 식으로 의존할까 봐 두려워하는 것일까? 물론 이러한 의존성은 견디기 어려울 수 있다. 그러나 몸이 약해지거나 병에 걸렸을 때처럼 우리가 다른 사람들에게 의존하고 그들이 우리를 도와주는 것에 감사하는 상황은 언제나 존재한다. 다만 젊은 나이에는 큰 병을 앓은 후에도 다시 건강해지고 독립적인 상태가 되어 감사함을 표할 수 있지만, 노년기에는 상황이 근본적으로 변할 여지가 없다.

그런데 노인들이 그저 짐스러운 게 아니라 짐이 되어도 괜찮다고 생각할 수는 없을까? 세대 간에 상호 지원과 책임이 여전히 존재하는 사회에서는 어려움이 훨씬 덜하다. 이를테면 예전에는 매우 독립적이었지만 나이가 들어 연로하고 노쇠해진 나의 어머니는 이제 도움이 필요하다고 어렵지 않게 말할 수 있다. 어머니도 할아버지와 할머니가 도움이 필요해졌을 때 그들을 돌보았다. 어머니는 도움이 절실히 필요할 때 도움을 받는 것은 당연한 일이며, 인생은 원래 그런 것이므로 긴 논의가 필요하지 않다고 생각했다. 그럼에도 어머니는 자립적이지 못한 생활을 좋아하지는 않았고 필요할 때는 자신의 결정권을 강력히 요구했다.

이러한 형태의 '세대 간 계약'은 지금과 같은 유동적인 시대에는 더 이상 유지되지도, 유지될 수도 없다. 그렇지만 확실한 사실은 대부분의 '자녀'가 이미 이른 나이에 노쇠하고 도움이 필요한 부모를 돌보는 경우가 많다는 것이다. 부모님 인생의 마지막 시간을 함께 보내는 것은 자녀들의 임무이며, 자녀들은 대부분 부모님이 가능한 한 잘 지내기를 원한다. 그런데 여기서 문제가 시작된다. 누가 부모를 모실 수 있는 충분한 공간과 시간을 가졌는가? 또한 노인들의 반대도 있다. '나는 절대로 그렇게 하고 싶지 않아.' 광범위한 돌봄이 아직 필요하지 않을 때는 이렇게 말할 수 있지만, 두려워하던 날이 다가오면 소망이 바뀔 수 있다. 의존도가 높아지면 예전에 있었던 가족 간의 특징들이 다시 나타나며, 이것은 형제자매들 사이에서도 마찬가지다. 노화한 부모의 의존도에 대해 화를 낼 수도 있고 이러한 문제들을 기회 삼아 다시 한번 잘 해결해 보려고 노력할 수도 있다. 노년기에 인생의 마지막을 어디서 어떻게 보내고 싶은지 생각해 보고 가족 및 친구들과 이에 대해 논의하는 것은 도움이 된다.

의존성 문제는 문제의 한 측면이다. 문제의 또 다른 측면은 자주성을 점점 잃는다는 것이다. 이는 단순히 일방적으로 의존하고 싶지 않다는 문제가 아니라, 어느 정도의 자기 결정권을 유지하는 인간의 정체성과 존엄성의 문제이기도 하다. 가능한 한 많은 자주성을 갖는 것은 우리의 정체성을 이루는 요인 중 하나다.

　° 오랫동안 암으로 고통받던 한 여성이 어느 날 "이제 충분해!"라고 말하며 더 이상 치료를 원하지 않았다. 어쩌면 이것이 자주성일지도 모른다.

이러한 마지막 자주성을 지키기 위해 외부의 도움을 받을 수도 있다. 이를테면 죽음을 곧 앞둔 노인에게 하루하루를 어떻게 보내는 것이 좋을지 물어보고 그러한 날을 만들 수 있도록 도움을 주는 것이다.

그럼에도 자주성을 상실하면 사람들은 의존적인 존재가 된다. 이러한 담론은 우리가 노년기에 도달했을 때 어떻게 살고 싶은지에 대한 질문에 초점을 맞추고 있다. 또한 더 이상 혼자서 살 수 없게 되었을 때 노인의 거주 형태가 매우 다양해지는 결과로 이어지기도 했다. 자립성을 완전히 잃은 후에 요양원 등에서 남들이 일어날 때 일어나야 하고, 남들이 먹을 때 먹어야 하고, 남들이 잘 때 자야 한다는 공포는 오늘날에는 다소 완화되었지만, 그럼에도 여전히 이에 대해 우려 섞인 대화가 이어지고 있다. 고령의 노인들이 단지 기술적인 차원에서만 잘 관리되고 있으며, 모든 것이 완벽하게 문서로 만들어져 있기는 하지만, 그들을 향한 이해심 넘치는 손길이나 따뜻한 시선은 여전히 부족하다는 것이다. 이러한 생각들에 담겨 있는 오류는 과거의 잘못을 ─ 더 어리고, 인생 경험도 훨씬 적고, 에너지 수준도 달랐던 과거의 내가 저지른 잘못은 현재와는 완전히 다른 삶의 맥락에서 발생한 것인데도 ─ 현재 시점에서 평가하고 판단하는 것처럼, 아직 자립성이 충분히 강하고 자율성이 결정적인 가치를 지니는 현 상황에서 요양원에 들어가는 상상을 미리 한다는 것이다. 그러나 지금부터 요양원에 들어가기 전까지의 시간 동안 우리에게 주어진 다양한 대안과 가능성을 고민해 보아야 한다. 더 이상 독립적으로 생활할 수 없을 때 어떻게 살고 싶은가? 가능하다면 무엇을 스스로 결정하고 싶은가? 그런데 인간은 언젠가 더 이상 자립적으로 살 수 없게 된다. 의존성과 마찬가지로 자립성에도 여러 단계가 있기는 하지만, 자립성은 점점 줄어들고 죽음으로 끝나게 된다.

우리 몸, 예측할 수 없는 동반자

자립성의 상실은 신체 노화에서 비롯된다. 이는 우리 모두가 감수해야 하는 운명이다. 우리 몸은 언제나 우리의 운명이다. 남성이든 여성이든, 튼튼하든 병에 잘 걸리든, 크든 작든, 뚱뚱하든 날씬하든, 똑똑하든 이해력이 조금 떨어지든, 우리는 우리 신체에 거의 또는 전혀 영향을 미치지 못한다.

우리는 우리 몸이다. 말하자면 몸이 없으면 우리는 아무것도 아니다. 우리 인간이 서로 마주하는 것은 신체적 존재로서 마주하는 것이며, 이는 특히 성적인 만남에서 더욱 분명하게 드러난다. 우리는 서로의 신체를 보고 존재를 인식하며, 우리의 기분과 감정 또한 신체로 표현하는 등 신체는 아주 기본적인 것이다. 우리가 다른 사람을 보는 것도, 다른 사람이 우리를 보는 것도 우리 몸을 통해서다. 더 이상 눈에 보이지 않는다는 것은 곧 자신이 아무도 아니라는 것을 의미한다. 그리고 일부 노인들의 경우 매력을 점점 잃는 것, 더 이상 사람들의 눈에 인지되지 않는 것을 두려워한다.

더 이상 존재감을 드러낼 수 없다는 것, 이는 우리가 노화하는 몸을 어떻게 다루고 받아들일 수 있는

5. 받아들일 것들과 극복할 것들

가라는 질문을 제기하게 만든다. 우리 모두는 자기 몸과 특별한 관계를 맺고 있으며, 이 관계는 삶을 살아가는 과정에서 바뀔 수 있다. 우리 몸이 우리가 기대하는 대로 기능하는 한, 우리가 상상하는 대로 존재감을 드러내는 한, 우리가 '우리'에게 만족하는 한, 우리 신체에 대해 깊이 고민할 필요성을 느끼지 못한다. 왜냐하면 우리가 우리 자신을 생각할 때 가장 먼저 신체적 존재로 생각하기 때문이다. 또한 우리 몸은 우리 정체성의 필수적인 측면이다. 우리가 살아 있고, 활기차고, 아직 젊은 노인이라고 느끼는 것도 신체 감각과 관련이 있다.

그런데 정체성은 나의 신체 감각과 나 자신에 대한 생각에서 비롯될 뿐만 아니라, 외부에서 우리를 어떻게 바라보고 우리에게 어떤 정체성을 부여하는지에 따라 형성되기도 한다.[3] 외부에서 우리를 어떻게 바라보는가? 우리가 과연 아직도 사람들의 눈에 띄기는 할까? 여기서 질문이 한 단계 더 나아가면 상황이 복잡해질 수 있다. 즉 나는 멋진 노인에 대한 일반적인 이상에 부합하는가? 내가 아직도 이상적인 아름다움을 따라야 할까? 여성들은 이미 제3의 인생기 훨씬 이전부터 이러한 질문에 직면한다. 여성의 신체는 남성의 신체보다 훨씬 더 이른 시기에 변화하고 훨씬 더 강하게 인지되며, 남성뿐만 아니라 여성 스스로에게도 자주 거론된다. 여성들은 끊임없이 자신의 신체에 만족하고 싶어 하며, 만족스럽지 못한 신체로 인해 불행해지고 싶지 않아 때로는 성형 수술을 감행하기도 한다. 반면 남성은 신체와 관련하여 여성보다 편안한 마음을 갖고 있다. 요한 볼프강 폰 괴테Johann Wolfgang von Goethe의 한 노년의 시Altersgedichte는 다음과 같은 구절로 시작한다. "나이 든 남자는 언제나 리어왕이다Ein alter Mann ist stets ein König Lear." 그렇다면 나이 든 여자는?

기본적으로 자존감이 낮을수록, 대인 관계에서 안정감을 잘 느끼지 못할수록 문제의 원인을 신체와 외모, 체력, 건강에서 더 많이 찾는다. 물론 아름다운 몸, 사람들이 좋아하는 몸을 갖는 것은 멋진 일이다. 하지만 대다수 사람에게는 자신을—신체적으로도—있는 그대로 받아들이는 법을 배우는 것이 중요하다. 다시 말해 문제점을 단순히 없애거나 수술 등으로 처리하기보다는 인간으로서 우리가 결코 완벽할 수 없으며 문제점을 갖는 것이 인간적이라는 사실을 받아들이는 것이 중요하다. 이는 신체적인 문제에만 국한되는 것이 아니다! 나이 들면 신체가 눈에 띄게 변화한다. 무엇보다 우리는 다른 사람들이 늙어 가는 모습을 알아차린다. 특히 오랫동안 보지 않았던 사람을 보면 노화가 더 눈에 띈다. 그러면 우리는 깜짝

놀라서 스스로 이렇게 묻는다. '나도 저렇게 늙어 보일까?'

늙어 가는 내 몸과 점점 더 늘어나는 주름에 익숙해질 수 있을까? 사실 우리는 살아가는 동안 끊임없이 조금씩 나이를 먹기 때문에 노화에 점차 익숙해지는 것이 가능하다. 그리고 우리 마음속에는 우리가 보고 자란 노인들의 이미지가 있다. 생기 넘치고 만족감이 깃든 아름다운 얼굴, 여전히 맑은 눈, 먼 곳을 바라보는 깊은 눈, 열심히 일해서 닳은 손 등. 정말로 아름답다. 이처럼 노인들에 대한 매우 아름다운 이미지들이 존재한다. 세네카는 자신의 농장에 있는 낡은 건물을 보고 갑자기 자신의 나이를 자각하는 경험을 했다. 그는 이 낡은 건물에 들어가는 비용이 너무 많다고 생각했다. 그러나 그의 농장 관리인은 건물이 이렇게 낡은 이유는 관리가 부족해서가 아니라 단순히 오래되었기 때문이라고 지적했다.[4] "나는 도시 밖에 있는 내 농장 덕분에 어디를 가든 내 나이를 깨달을 수 있었다. 자신의 나이를 따뜻하게 감싸안고 사랑해야 한다. 자신의 나이를 잘 사용할 줄 안다면 즐거움이 가득 찰 것이다."[5]

특별한 삶의 상황들은 우리가 늙어 가고 있다는 사실, 언젠가는 죽을 운명이라는 사실을 깨우치게 한다. 물론 우리는 나이 들어 가는 것을 받아들이고 이에 익숙해져야 하지만, 항상 이를 주의 깊게 살펴보아야 한다. 우리는 여전히 존재감이 있는가? 다르게 말하면 우리는 여전히 자기 자신을 보여 주고 있는가? 단순히 인구 통계적 차원에서가 아니라 아직 제 몫을 할 수 있는 개별적인 인간으로서 인정받는 것, 이것은 인간의 소망이다. 그리고 이러한 소망을 위해서는 어떤 노력을 해야 하며, 노인들 역시 이미 많은 노력을 하고 있다. 젊은 세대가 우리 노인들을 무시한다고 불평할 것이 아니라, 우리 각자가 어떤 존재로 보이고 싶은지를 고민해야 한다.

나이가 들면 모든 것이 더 이상 예전과 똑같지 않다는 경험을 하게 된다. 처음에는 단순한 경험부터 시작된다. 이를테면 꽉 닫힌 물병을 혼자서는 더 이상 열지 못하게 되고, 물병 뚜껑을 열 수 있는 도구를 슈퍼마켓에서 산다. 또한 더 이상 빨리 걷지 못하게 되는 경험도 한다. 그래서 스위스 연방 철도에서는 환승 시간을 연장하는 방식으로 이를 배려하고 있다. 놀랍게도 전혀 예상치 못한 상황에서 훨씬 더 결정적이고 심각한 문제가 발생할 수 있다. 독일의 저널리스트 스벤 쿤체Sven Kuntze는 자신의 몸을 "예측할 수 없는 동반자"라고 표현한다.[6]

나에게 몸은 단순한 동반자가 아니라 나의 삶이

자 나의 육신이다. 그리고 나는 내가 잘 대처할 수 있는 방식으로 내 몸이 늙어 가기를 바란다. 내가 가장 두려워하는 것은 인지 능력을 잃는 것이다. 사람들은 '지적으로 활동적인 사람은 치매에 걸리지 않는다'는 말을 흔히 하지만, 나는 그저 가볍게 웃어넘기고 만다. 물론 나도 그러길 바라지만, 그 반대 사례도 있다는 것을 알고 있다. 이를테면 치매에 걸린 작가 발터 옌스Walter Jens의 고통이 여러 차례 공개된 것처럼 말이다. 우리는 아무것에도 의지할 수 없기 때문에 일어나는 일을 받아들이고 융통성 있게 대처해야 한다.

물론 우리 몸을 소중하게 대하는 것은 중요하며, 우리에게는 딱 하나의 몸만 주어져 있다. 확실한 사실은 우리가 예전보다 더 많이 움직이고 있고, 지금은 운동이 만병통치약으로 여겨지고 있다는 것이다. 『슈피겔Der Spiegel』지의 한 기사에 실린 사진 밑에는 다음과 같은 문구가 적혀 있다. "정신적 쇠퇴로부터 도망치기."**7** 만약 그게 쉽다면 정말 훌륭한 일이다! 또한 우리는 예전보다 더 건강한 식생활을 하고 있을지도 모른다. 하지만 이 모든 것이 우리 자신을 대할 때 벌어지는 뜻밖의 놀라운 일들을 면해 주지는 않는다. 오늘날 우리는 우리 몸을 마음대로 바꿀 수 있고 인간의 생물학을 속일 수 있다고도 생각하지만, 결국 아무 소용이 없다. 우리는 죽게 되어 있고, 이것이 우리 인간의 운명이다.

사람들이 운명을 믿지 않을수록 모든 일이 자기 책임의 문제, 자기 스스로 계획하고 행동하고 결정하는 문제가 된다. 하지만 나이 듦과 죽음은 운명이다. 우리는 나이 듦과 죽음을 받아들여야 한다. 나이 듦과 죽음을 최대한 뒤로 늦추려고만 할 것이 아니라 노화, 노쇠, 의존의 문제를 실제로 직면하여 극복해 나가야 한다. 그리고 이는 모두에게 해당하는 문제이기 때문에 모두가 이를 이야기해야 한다. 심지어 오늘날에는 신학자 한스 큉Hans Küng이 말하는 자기 결정 혹은 자기 책임에 따른 죽음이 논의되기도 한다.[8] 그는 안락사를 '최고의 생의 지원'으로 보며, 마지막까지 자기 결정권을 행사할 가능성으로 본다. "그때가 되면 — 내가 그렇게 할 수 있다면 — 언제 어떻게 죽을지 스스로 책임지고 결정할 수 있다. 그렇게 할 수 있다면 나는 의식적으로 죽음을 맞이하고 인간답게 내 삶과 작별하고 싶다."[9]

큉은 인간의 수명이 길어진 것이 자연에 의한 것이 아니라 의학의 발전 덕분이기 때문에 의식적으로 이러한 장수에 대처해야 한다고 생각한다. 이러한 "추가적인 시간들은 신이 만든 것이 아니라 인간에 의해 만들어졌다. 그러므로 다음과 같은 질문들이 생겨난다. '얼마나 오래 버틸 수 있는가? 모든 약을 삼켜야 할까?'[10] 이러한 질문들이 꼬리에 꼬리를 문다! 그리고 오늘날에도 이러한 질문들은 당연히 찬반 논란을 일으키고 있다. 또한 다양한 종류의 도덕적 딜레마가 생겨나지만, 그것들은 해결되기 어려울 것이다.

물론 자신의 삶을 스스로 마무리하는 이러한 자기 결정의 자유를 바라보는 시각은 다양하며, 우리 세대는 자기 결정의 자유로서 이를 긍정적인 시각으로 바라보는 경향이 있다. 어쩌면 우리 세대는 이러한 자유 아래서 살아왔을지도 모른다. 이는 종종 대화 중에 다음과 같이 표현된다. "긴급한 상황에서는 그러한 가능성이 있다면 좋을 거야. 적절한 순간을 놓치지만 않는다면. 하지만 더 좋은 것은 그런 상황에 처하지 않고 그런 생각과 행동을 할 필요가 없는 거야."그렇다면 적절한 순간이란 언제인가? 스스로 결정하는 자유에는 두려움이 따르기 마련이다.

도움받는 것에 대한 감사함

우리 노인들은 일상생활의 문제를 혼자서 처리하기 어렵고 도움이 필요하며, 그러한 도움을 받는 것에 의존하게 된다. 그리고 되도록 노인의 취약함에 따스함을 보여 주는 다정한 사람들의 손길을 특히 필요로 한다. 이미 말했듯이 우리는 항상 다른 사람들에게 의존하지만, 노년층에서 보이는 상호 의존성은 서로 기꺼이 의존하는 행복한 연인 관계의 의존성이라기보다는 필요 때문에 발생하는 의존성이 된다. 그런데 꼭 그렇지만도 않다.

　˚한 60세 여성은 여러 차례의 뇌졸중 후 자신에게 크게 의존하는 남편과의 관계에 대해 말한다. 그녀는 이제 모든 것을 남편의 도움 없이 — 물론 다른 사람들의 도움을 받기는 하지만 — 스스로 해야 하며, 이것이 매우 고되다는 것이다. 그럼에도 남편이 여전히 곁에 있다는 사실, 때때로 남편이 자신을 사랑스럽게 바라봐 준다는 사실이 힘이 된다고 말한다. 물론 예전과 같은 상호 관계는 아니지만, 그녀는 남편이 아예 없는 것보다 이렇게라도 자신의 곁에 있어 주기를 바란다.

　물론 이러한 태도를 일반화할 수는 없으며, 사람마다 다른 경험을 할 수도 있다. 우리가 언젠가는 일방적으로 의존할 수밖에 없게 된다는 사실을 당연히 알고 있으면서도 이에 대해 거센 반감을 느끼는 이유는 무엇일까? 우리가 다른 사람에게 아직 무언가를 주거나 되돌려줄 수 있을 때만 자신의 가치가 있다고 생각하는 걸까? 노년층의 가치를 유용성 측면에서 바라봐야 하는 것일까? 아니면 우리는 감사한 마음, 정말로 감사한 마음을 가질 수는 없을까?

감사함 속에는 현재나 과거의 어떤 사실이나 경험에 대한 우리의 기쁨이 담겨 있다. 우리가 감사함을 느낄 때 그 기쁨의 원인은 외부에 존재한다. 이를테면 우리를 행복하게 해 주는 것, 큰 기쁨을 주는 것, 다른 사람, 행복한 상황 등. 또한 우리가 감사함을 느낄 때 이 기쁨을 다시 다른 사람들과 공유하면 그 기쁨이 더 커진다. 한번 감사한 마음을 가지게 되면 다른 사람의 행동을 기쁨의 원천으로 인식하고, 자신의 기쁨을 다른 사람에게 베풀게 된다. 베푸는 행동은 감사한 마음에서 비롯된다.

때로는 누군가에게 감사한 마음을 절대로 표현하고 싶지 않을 때가 있다. 자존심이 감사함보다 앞서기 때문일까? 감사함은 우리가 도움이 필요한 의존적인 존재임을 나타내는 증거라서일까? 감사함은 도움이 필요한 사람을 대할 때 중요한 주제가 된다. 이를테면 '그가 적어도 조금이라도 고마워했으면 좋겠어요!',

'그가 너무 고마워해서 쉽게 일할 수 있어요.'라고 말한다. 의존성, 나아가 인간의 죽음과 유한성을 받아들일 수 있다면 도움을 받는 것에 대한 감사를 표할 수 있게 된다. 서로 도움을 주고 감사함을 표하는 것은 언제든 가능한 일이다.

어릴 때부터 감사한 마음을 갖는 능력을 기르는 것은 의미가 있다. 그러나 자율성과 독립성을 얻으려는 노력이 지나치게 전면에 두드러지면 신뢰감을 주는 유대 관계를 추구하려는 노력을 소홀히 하게 된다. 또한 사람들이 정서적으로 서로 연결되어 있지 않고 단순히 일상생활을 함께 처리하거나 성관계를 하기 위한 도구적인 관계 속에 살게 될 경우, 인간이 서로에게 의존하고 있다는 사실이나 이러한 상호 의존성이 안전한 삶을 제공한다는 사실, 그리고 인간이 모든 것을 혼자 할 수는 없다는 사실을 인식하지 못하게 된다. 서로 의존하면서도 독립성을 유지할 수 있는 관계는 얼마든지 가능하다.

함께 걱정하고 함께 견디는 사람들

우리 주변의 누군가가 점점 다른 사람에게 의존하게 되고 도움이 필요할 때 이를 어떻게 알아차릴 수 있을까? 때로는 많이, 때로는 적게 늘 서로 도움을 주고받던 관계라면 오랜 기간 알아채지 못할 수도 있다. 그리고 시간이 지남에 따라 서로 도움을 주고받는 빈도는 더 늘어난다. 도움을 주는 사람들이 충분한 여력을 가지고 있는 한, 이는 보람 있는 경험이 될 수 있다. 그러나 다른 사람들에게 도움을 주면서도 노화 과정에서 두드러지게 나타나는 습성을 언짢게 생각하기도 한다. 노인이 지금까지 당연히 할 수 있던 일을 갑자기 더 이상 할 수 없게 될 때 주변 사람들은 이에 대해 언짢게 반응하고, 귀찮아서 하지 않는다고 속으로 생각하기도 한다. 물론 그럴 수도 있다. 하지만 종종 우리는 노화가 어느 순간 급격히 찾아오고 특정한 몇 가지 일을 정말로 갑자기 할 수 없게 된다는 사실에 충격을 받는다. 끝이 다가오고 있다는 사실에, 우리 삶도 그렇게 끝을 향해 가고 있다는 사실에 말이다. 그러나 다른 사람에게 의존하기를 원치 않아서 다른 사람과 힘을 합치거나 제도적 지원을 받지 않으려는 사람은 누군가가 도움이 필요하다는 사실 자체를 큰 부담으로 느끼지 않는다. 하지만 도움을 주려는 성향이 강한 사람은 스스로 지나치게 큰 책임감을 느끼고 괴로워한다. 그렇다고 도움이 필요한 사람에게 그 책임을 물을 수는 없다.

감사하는 마음이 부족하면 관계가 더 어려워진다. 다시 말해 도움을 요청하는 것이 아니라, 도움을 강요하고 당연하다고 여기거나 심지어 불평하면 도움을 주기가 부담스러워진다. 의존적으로 될까 봐, 다른 사람이 자신을 도와야 할 때 짐이 될까 봐 두려워하는 사람들은 실제로는 자신의 욕구를 표현하는 것을 다소 어려워한다. 왜냐하면 그들은 자신이 어떠한 욕구도 가져서는 안 된다고 생각하면서도 이러한 욕구가 현실적으로 충족되기를 바라기 때문이다. 지금 도움을 청해도 괜찮을까? 사람들의 도움을 받아야 할까? 아니면 도움을 안 받는 것이 더 나을까? 이러한 딜레마를 말로 표현할 수 있는 사람이라면 도움을 받을 수 있다. 우리는 모두 이 딜레마를 알고 있지만, 노년기의 삶에서 요구되는 것처럼 우리가 도움이 필요하고, 도움을 받을 수 있으며, 누군가 곁에 있는 것에 감사할 수 있다는 것을 인정해야 한다.

하지만 얼마나 많은 도움이 필요할까? 너무 많은 도움도, 너무 적은 도움도 해로울 수 있다. 적절한 도움이 좋다. 그렇다면 적절한 도움이란 무엇일까? 옆에서 세심하게 챙겨 주는 것, 다른 사람에 대한 다정한 시선, 우리 자신과 자신의 감정을 인식하는 것은 적절한 도움에 좋은 영향을 줄 수 있다. 하지만 결국 가장 중요한 것은 대화다. 이를테면 노인이 원하는 것은 무엇이며, 각 해당 상황에서 우리가 해 줄 수 있는 것은 무엇인가? 이러한 대화를 하기까지는 시간이 걸리지만, 올바른 방식으로 제대로 돕는다면 시간을 아낄 수 있다.

나는 이 모든 것이 실제로 그렇게 어렵지는 않은 일 같다고 생각한다. 하지만 생전 유언장에 삶의 마지막에 무엇이 중요한지를 솔직하게 작성해야 하는 경우라면 정말로 어려워진다. 마침내 중요한 결정을 내려야 하는 상황에 처하게 되니까. 그리고 생전 유언장과 관련하여 이미 생각하고 있던 모든 우려가 되살아난다. 생전 유언장을 가지고 있는 것은 분명 의미 있는 일이다. 하지만 내가 생전 유언장을 작성했던 날에 가졌던 마음가짐이 지금의 생각과 과연 같을까? 그리고 그것이 나에 관한 내용이 아니라 사랑하는 사람에 관한 내용이라면? 내가 어떤 결정을 꼭 내려야 하는 상황이라면 어떤 결정을 해야 할까? 이는 다른 사람의 삶에 대한 책임을 지는 극단적인 경우이며 큰 내적 갈등으로 이어질 수 있다. 노년기에는 이러한 갈등을 더 이상 견디기 어려울 수 있으며, 건강한 거리감과 어느 정도의 지혜가 있어야만 극복할 수 있다.

6. 나이 들면서 더 좋아지는 것들

세네카는 "나이 들수록 좋아지는 것들을 돌봐라."[1]라고 강조한다. 그리고 몸에서 마음으로 돌아와 마음으로 즐기고 때때로 마음에도 휴식을 주어야 한다고 권한다. 노년기에 더 이상 할 수 없는 것만 생각하지 말고 관점을 바꾸라는 그의 조언은 나에게 매우 중요한 의미로 다가온다.

그렇다면 노년기에 그대로 유지되는 것은 무엇이며, 더 나아지는 것은 무엇일까? 노년기에 우리에게 기쁨을 주는 것은 무엇일까? 노년기에 분명 더 나은 점이 있다. 이를테면 이제 더 이상 많은 일을 할 필요가 없고, 할 수 있는 일이 아주 많다는 점이다. 다시 말해 이를 잘 활용한다면 큰 자유를 누릴 수 있고 넓은 시야가 열린다는 것이다. 세월이 점점 흐르고 남은 시간이 얼마 남지 않았더라도 자기 자신에게 충실하고 자신이 지금 중요하다고 여기는 것을 추구할 수 있다. 죽음에 대해 다른 사람들이 들려주는 삶의 이야기는 중요한 자극이 될 수 있지만, 결코 기준이 될 수는 없다. 자신에게 중요한 것을 발견하고 자신을 충족시키는 일을 할 시간은 아직 남아 있다.

° 한 정신분석학자는 이렇게 말했다. "나는 그저 예전처럼 똑같이 살아가고 있어요. 나를 위한 시간과 휴식을 더 많이 가지면서요. 나는 사람들과 함께 일하는 것을 좋아하고, 이 일이 의미 있다고 생각해요."

미술가들인 마르크 샤갈Marc Chagall, 파블로 피카소 Pablo Picasso, 루이즈 부르주아Louise Bourgeois, 리 크래스너Lee Krasner, 마리아 라스니히Maria Lassnig 등2 많은 창의적인 사람들은 고령에도 창의성을 발휘할 수 있다는 것을 보여 준다. 그들은 그저 예전처럼 계속해서 창의적인 활동을 하는 것이다. 루이즈 부르주아의 창의성은 노년기라는 주제의 맥락에서 특히 흥미롭다. 그녀는 83세의 나이에 어머니의 이야기를 담은 거대한 거미 작품을 만들었다. 이 거미 엄마는 삶이라는 직물을 짜고 자신만의 거미줄을 만들며, 이를 파괴할 수도 다시 만들어 낼 수도 있다. 작가는 자기 어머니의 삶의 좌우명인 '나는 한다, 되돌린다, 다시 한다I do,

I undo, I redo'**3**를 이 작품과 연결한다. 그녀는 어머니의 좌우명에서 영감을 받아 '나는 창조한다, 파괴한다, 새롭게 창조한다'라는 긍정적인 삶의 좌우명을 갖게 되었다. 나는 이러한 그녀의 좌우명으로부터 인생의 마지막 단계인 노년기에도 창의성을 발휘할 수 있음을 알게 되었고, 나 역시 이를 삶의 모토로 삼았다.

루이즈 부르주아는 81세의 나이에 '밀실cells' 연작을 구상하기 시작했다. 이는 그녀뿐만 아니라 모든 사람을 위한 밀실 형태의 기억 공간이다. 거미와 마찬가지로 이 설치 작품들도 거대한 규모를 자랑한다. 밀실에는 창살 있는 창문이 달려 있으며, 각각 특정 주제에 맞춰져 있다. 예를 들어 한 밀실에는 〈도망The Run-away〉이라는 제목이 붙어 있다.**4** 그녀는 이러한 혁신적인 예술 작품으로 이전보다 더 많은 유명세와 인지도를 얻었다. 그녀는 일기장에 이렇게 적었다. "통합의 힘, 결합은 비록 찰나적일지라도 거대하고 압도적이다. 우리는 하나의 욕구를 따른다. 당신은 아직 온전한가? 그렇다, 나는 온전하다. 나는 44개의 조각으로 이루어진 퍼즐이다."**5** 그녀가 가진 삶의 주제 중 하나였던 통합은 그녀의 예술에서도 항상 중요한 의미였으며, 일반적으로 노인들에게도 중요한 주제일 것이다. 창의성은 개성을 하나로 묶어 주고 눈에 띄는 확실한 정체성을 부여한다.

루이즈 부르주아가 무의식과 관계 맺는 방식도 흥미롭다. "예술가는 (…) 특별한 재능을 가지고 있다. 그것은 자신의 무의식과 조화를 이루고 그것을 신뢰하는 능력, 의식을 짧게 끊어 무의식에 대한 더 깊은 인식으로 직접적으로 접근하는 능력이다. 이것은 하나의 재능이다. 왜냐하면 그러한 의식은 자기 자신, 특히 자신의 한계를 인식하는 데 도움이 되기 때문이다."[6] 또한 그녀는 무의식이 자신의 친구라고 말한다. 여기서 창의성은 의식과 무의식 사이의 연결, 내면 세계와 외부 세계 사이의 균형이다. 또한 다른 형태의 창의성도 찾아볼 수 있다. 이를테면 일본의 시바타 도요柴田トヨ는 90세가 넘어 더 이상 춤을 출 수 없게 되자 시를 쓰기 시작했고, 그녀가 쓴 시들은 매우 큰 주목을 받았다.

지금은 해야 하는 일이 아니라 할 수 있는 일이 중요하다. 물론 할 수 있는 일을 시작하여 끝을 보고 싶다면 어느 정도의 강제가 필요할 수 있다. 그렇다고 해서 반드시 그럴 필요는 없으며, 미완성인 채로 남겨 둘 수도 있다. 이러한 생각을 더 발전시켜 보자면, 노년인 지금 정말로 자신에게서 우러나오는 것, 자신의 무의식에서 샘솟는 것을 진정으로 느끼고 행동하고 생각하게 된다. 말하자면 오랫동안 뒷전으로 물러나 있었거나 제쳐 두었던 관심사를 밖으로 꺼낼 기회, 다시 한번 온전한 자신이 될 기회, 어쩌면 예전보다 더 나 자신에 가까워질 기회가 찾아온다. 힘이 남은 한 자기 삶을 진정으로 살아갈 기회 말이다. 그리고 이렇 게 할 수 있다는 것은 마침내 여유를 즐길 수 있다는 의미이기도 하다. 물론 무언가를 해야 한다는 생각이 계속해서 고개를 내밀 수도 있다. 인생에서 중요한 무 언가를 계속해서 실현해야 하지 않을까? 그것을 실현 해도 되지만, 반드시 실현할 필요는 없다.

노년기의 삶이 행동보다는 존재에, 미래보다는 현 재에 중점을 두어야 한다는 의견에 많은 사람이 동의 한다.[7] 마리안네 시스Marianne Schiess는 심각한 질병, 노 쇠한 몸, 점점 늘어 가는 의존성과 관련하여 다음과 같이 썼다.

° "지금은 놓아주는 시간일 뿐만 아니라, 에리히 프 롬의 말을 빌리자면, 소유Haben에서 존재Sein로 넘어 가는 시간, 영속성을 찾기보다 지금 여기서의 삶을 사랑하는 시간이기도 하다. 이러한 의미에서 나이 듦을 이해한다면 수많은 어려운 경험도 긍정적인 시 각으로 바라보고 건설적으로 다가갈 수 있다."[8]

소유에서 존재로 넘어간다는 것은 어떤 목표를 끊임없이 추구하고 성취하고 갖고 얻어야 한다는 의미가 아니라 현재를 즐겨야 한다는 의미다. 지금의 자연을, 지금 내 주변에 있는 사람들을 말이다. 카스텐슨을 비롯한 다른 학자들의 연구에 따르면, 노년층의 정서적 상태와 안정감은 놀라울 정도로 좋게 나타났다. 말하자면 노인들은 죽음을 앞둔 상황에서도 무언가를 할 수 있고 반드시 하지 않아도 되는 일이 있음에 편안함을 느끼며, 더 이상 많은 것을 얻으려고 애쓰지 않고 자신의 존재에 더 많이 집중한다.

아툴 가완디Atul Gawande는 이렇게 묻는다.9 나이가 들어 갈수록 이렇게 삶의 질이 만족스러워지는데, 이렇게 되기까지 왜 그토록 오랜 시간이 걸리는 걸까? 그는 스스로에게 이렇게 대답한다. 이러한 정서적 균형에 도달하는 것은 아마도 평생의 과제일 것이라고 말이다. 카스텐슨은 남은 시간이 얼마 없다는 것이 이러한 태도 변화로 이어진다고 생각한다. 또한 다른 사람들이 생각하는 것처럼 뇌 속에서 일어나는 변화도 그 원인일 수 있다. 어쩌면 노화라는 것은 그저 노쇠해 가는 몸과 다가오는 죽음을 극복하기 위해 이보다 상대적으로 큰 가치를 지닌 정서적 균형을 찾는 것이라고 말이다. 이 과정에서 현재 자신에게 중요한 것이 무엇인지 분명하게 알 수 있게 된다. 말하자면 삶의 마지막에 좀 더 가벼운 마음으로 다가가기 위해 인간의 본성이 변화하는 것처럼 보인다. 이는 우리가 노쇠해지고 언젠가 죽는다는 냉정한 사실과도 관계가 있다.

더 이상 소유하는 것이 아니라 존재한다는 것, 이는 사람들이 음악을 들을 때 자신을 잊고 음악과 하나가 되는 과정에 비유할 수 있다. 그들은 어디에 있을까? 바로 음악 속에 있다. 자신을 잊은 채로. 또 어떤 사람들은 자연 속에서 이를 경험하기도 한다. 이를테면 일몰을 바라보면서 무아지경에 빠진다. 어릴 때는 이러한 경험이나 일몰 자체가 대단하다고 느껴지지 않았지만, 어느 순간 갑자기 이러한 자연 경관에 사로잡히게 된다. 또한 물이 갑자기 다르게 느껴지기도 한다. 수영을 하면서 물과 하나가 되기도 했다가 갈라지기도 하는 느낌을 받는다. 마치 사랑하는 사이처럼 말이다. 차가운 물을 통해 몸의 온기를 느끼기도 한다. 또한 태양을 보면서 몸으로 태양을 느끼는 것만으로도 얼마나 멋진 일인지 감탄한다.

상상, 기억 속 보물 길어 올리기

우리는 이전 장에서 상상력과 그 영향력[10]을 특히 기억이라는 주제와 관련하여 반복해서 다루었다. 이 장에서는 상상력에 대해 다시 한번 명확하게 짚어 보고자 한다.

상상력과 상상은 인간에게 없어서는 안 되는 것이다. 이와 관련하여 신경과학자 안토니오 다마지오 Antonio Damasio는 "상상력은 우리 마음이 지닌 자산이라고 말할 수 있다."[11]라고 했다. 우리는 항상 무언가를 상상하며, 이러한 맥락에서 볼 때 꿈 역시 수면 중의 상상이라고 할 수 있다.

무의식, 상상, 꿈, 이미지를 집중적으로 연구한 융은 다음과 같이 말했다. "상상은 특별한 능력이라기보다 마음을 재생하거나 창조하는 활동이다. (…) 내가 생각하는 상상은 마음의 활동, 마음의 에너지를 직접적으로 표현하는 것이며, 이는 이미지나 내용의 형태로 의식에 나타난다."[12] 상상에는 우리의 정신적인 삶이 반영되며, 이는 기억이나 창의적 활동의 형태로 드러난다.

상상은 감각적 지각 없이는 이루어질 수 없다. 우리는 세상을 보고 만지고 냄새 맡고 맛보고 듣고 운동 감각을 통해 몸으로 느끼는 등 모든 감각을 동원하여 인식할 수 있으며, 이러한 다양한 감각적 경험을 상상으로 떠올릴 수도 있다. 운동 감각 지각과 관련된 상상은 신체적 건강에도 영향을 미친다. 레나테 프랑크 Renate Frank는 '노를 젓는 상상'에 관한 연구에 대해 보고한다.[13] 그 연구에서는 실제로 노를 젓는 집단과 상

170

상 속에서 노를 젓는 집단을 비교했다. 실제로 노 젓기를 한 사람들은 "노 젓기를 한 후 눈에 띄게 반응이 빨라지고 집중력이 좋아졌다"고 느꼈으며, 상상 속에서 노 젓기를 한 사람들은 "더 쾌적하고 더 상쾌하고 더 차분해졌다고 느꼈다. 게다가 그들은 실제로 노 젓기를 한 후보다 자신의 현재 신체 상태에 더 만족감을 느꼈다."[14] 현재 스포츠 분야에서 이와 관련된 많은 연구가 진행되고 있듯이, 상상을 통해 신체 건강을 단련하고 특정 동작을 훈련할 수도 있다. 이처럼 상상은 정서적 변화뿐만 아니라 신체적 변화도 일으킨다.

상상력은 생물학적으로 우리 안에 내재해 있다. 우리는 모두 상상력을 가지고 있으며 이를 단련하고 향상할 수 있다. 상상력을 향상하고 싶다면 모든 감각을 열고 자연으로 들어가 세상을 주의 깊게 감각적으로 인식하는 것이 도움이 된다. 이는 나이가 들어도 상상력이 줄어들지 않는 이유 중 하나일 것이다. 감각적 인지를 집중적으로 강화하면 상상력은 끊임없이 새로운 자극을 받는다. 노인들은 자연을 더 잘 인식하고, 더 세심히 바라보며, 바람을 느끼고, 젊은 사람의 유연한 움직임을 감지한다.

아리스토텔레스Aristoteles는 우리의 감각적 지각에 기인한 기억 이미지로서의 상상 이미지와 외부의 직

6. 나이 들면서 더 좋아지는 것들

접적인 감각 지각 없이 의도적으로 유발된 이미지, 즉 상상의 창조적 측면을 구분했다.**15** 말하자면 어떤 상상은 감각적으로 지각된 세계를 충실하게 모방한 것인 반면, 어떤 상상은 내면 세계와의 공감을 통해 결정된다. 이를테면 꿈에서 나타나는 것처럼 실제 경험에서 직접적으로 자극받기보다는 사람들이 겪은 정서적 경험의 총체에 의해 촉발된다. 미국의 화가 존 미첼Joan Mitchell은 이에 대해 다음과 같이 말한다. "나는 자연이 내 안에 남긴 흔적을 그린다."**16**

이러한 상상들이 감정적으로 강하게 강조되면 우리에게 의미심장해진다. 왜냐하면 이미지나 상상을 통해 표현되는 감정 상태를 우리가 더 잘 이해하고 조절할 수 있기 때문이다.

° 한 92세 노부인은 무슨 문제 때문인지 마음이 답답하다고 말한다. 그런데 그럴 때면 항상 〈성문 앞 우물가에서Am Brunnen vor dem Tore〉라는 노래가 떠오른다고 한다. 그녀가 이 노래를 떠올리는 이유는 무엇일까? 물론 이별 때문이다. 그리고 한 지인의 부고를 읽었다는 사실을 기억한다. 지금 그녀의 마음은 이별의 감정, 슬픔, 떠남으로 가득 차 있지만 더 이상 답답함을 느끼지는 않는다.

또한 우리의 모든 계획, 소망, 그리움도 상상과 연결되며, 우리는 이러한 상상을 의도적으로 떠올릴 수도 있다. 심지어 큰 노력을 기울이지 않아도 상상은 언제나 존재한다. 토마스 그뤼터Thomas Grüter[17]는 2007년 『사이언스Science』지에 발표된 말리아 메이슨Malia Mason의 연구를 인용한다. 연구진은 뇌가 아무것도 하지 않을 때, 즉 해결해야 할 과제가 없을 때 무엇을 하는지 의문을 가졌다. 그들은 외부 자극이 없는 상황에서 뇌에서 관찰되는 각성 패턴이 미래의 계획이나 개인적인 기억과 관련하여 활성화되는 패턴과 일치한다는 것을 발견했다. 연구진의 설명에 따르면, 해결해야 할 외부 과제가 없을 때 뇌는 내면의 상상 세계에 주의를 기울인다.

내면의 상상 세계는 늘 그 자리에 있는, 우리가 무의식이라고 부르는 것이다. 이 연구를 바탕으로 저자들은 이러한 '생각의 배회' 또는 백일몽이 모든 사람에게 나타나며, 생물학적으로 근거가 있지만 그 강도는 사람마다 다르다는 것을 강력하게 입증했다. 그리고 우리는 이러한 백일몽, 즉 우리가 의식적으로 떠올리는 공상에 의도적으로 영향을 미칠 수도 있다. 요컨대 우리는 특정한 어떤 것을 상상하기로 결정할 수도 있고, 자신의 상상에 집중하기로 결정할 수도 있다. 그런 후에 우리에게 떠오르는 내용은 언제나 굉장히 신비스럽고 놀라운데, 종종 상상 활동을 통해 마음 상태가 더 안정되는 등 현재 우리에게 부족한 면이 채워지기 때문이다.

이제 이렇게 의도적으로 불러일으킨 상상에 대해 살펴보고자 한다. 이는 자기 삶의 질을 높이고 노쇠해가는 힘, 노년기의 상실에 대처하기 위해 상상력을 활용하고 창의성을 발휘하는 것이다. 당대에 매우 현대적인 사상가였던 에피쿠로스Epicouros(기원전 341~기원전 270년)는 누구나 가지고 있는 죽음에 대한 두려움이 인간의 모든 불행의 원인이라고 생각했다. 이러한 두려움, 특히 지나치게 바쁜 생활이나 권력에 대한 강한 욕망 뒤에 가려진 두려움은 기쁨을 방해한다는 것이다. 이러한 두려움을 없애고 마음의 평화를 얻는 것은 그의 철학에서 중요한 부분을 차지했다.

에피쿠로스에게도 상상력은 큰 의미를 지녔다. 그는 이도메네우스Idomeneus에게 보낸 마지막 편지에 — 이 편지가 실제로 그가 쓴 편지라면 — 다음과 같이 썼다. "나는 이 편지를 내 삶의 마지막이면서 진정으로 행복한 날에 쓰고 있네. 소변도 제대로 볼 수 없고 세균성 이질까지 겹쳐 고통이 더 이상 심각해질 수 없을 정도까지 이르렀네. 그렇지만 이 모든 고통은 우리가 함께 나눈 대화를 기억하는 내 마음의 기쁨으로 상쇄된다네."[18] 그는 일생의 좋은 경험을 소중히 저장해 두고, 언제든지 기억하고 마음에 그려 볼 수 있도록 해야 한다고 생각했다. 그리고 이 편지의 내용대로라면, 그는 아무리 큰 고통이라도 큰 기쁨을 준 기억을 떠올림으로써 상쇄된다고 생각했다. 이러한 큰 기쁨들이 고통스러운 상황에서도 떠올릴 수 있도록 저장되어 있다면 말이다. 이렇게 할 수 있다면 아주 극심한 고통 속에서도 평온함을 유지할 수 있다고 그는 생각했다. 세네카도 이와 비슷한 방향의 지침을 제시한다. 세네카는 인간이 얼마나 어려운 운명에 처해 있는지, 사람들이 종종 하인 노릇을 하며 ─ 때로는 남이 시키는 하인 노릇을 하기도 하고, 때로는 스스로 자신의 하인 노릇을 하며 ─ 살아야 한다고 말한 후 이렇게 덧붙인다. "따라서 사람은 자신이 처한 상황에 익숙해져야 하고, 그 상황에 대해 되도록 불평하지 말아야 하며, 그 상황에서 유익한 것은 모두 붙잡아야 한다. 어떠한 상황에서든지 평온한 마음과 위안을 찾지 못하는 것만큼 괴로운 것은 없다."[19]

우리가 이 두 철학자에게서 배울 수 있는 것은 무엇일까? 노년기에 더욱 큰 평온함을 얻기 위한 전제조건 중 하나는 우리가 살면서 겪는 즐겁고 좋은 경험들을 의식적으로 인식하고 소중히 여기며, 마치 기억 속의 보물처럼 간직하는 것이다. 이러한 경험들을 반복적으로 떠올리거나 누군가에게 들려줄 수 있다면 더욱 좋다. 예를 들면 아름다웠던 상황, 충만했던 상황, 만족스러웠던 상황, 옥죄였던 위기 후에 찾아온 뜻밖의 새로운 시작, 곤경에 빠진 우리를 도와준 사람들의 착한 마음씨, 과분할 정도로 행복했던 상황, 큰 행운이 따랐던 상황 등을 기억하는 것이다. 이러한 상황을 다시 기억 속에서 떠올리고, 감정적으로 음미하고, 상상 속에서 그려 보는 것은 창의적인 일이다. 하지만 이를 위해서는 나쁜 경험에 압도되지 않고 — 나쁜 경험은 당연히 존재하기는 하지만 — 이를 의식적으로 밀어내며 좋은 경험에 시선을 돌리는 것이 필요하다. 썩은 사과 때문에 좋은 사과의 즐거움을 놓치면 안 된다! 이러한 관점을 갖는 것은 창의적인 일이다. 그러므로 모든 것이 더 나빠질까 봐 걱정하거나 모든 것을 통제하려고 노력하기보다는 자기 삶에서 좋은 순간에 대한 기억을 의식적으로 떠올리는 것이 중요하다. 비록 노쇠해지며 삶이 끝나 가고 있음에도 말이다. 의식적으로 창의력을 발휘하는 것, 다시 말해 우리가 어떤 기억을 떠올리고 싶은지, 어떤 기억을 통해 자양분을 얻을 것인지 결정하는 일은 중요하다.

좋은 경험에 대한 기억

우리가 인생에서 좋은 경험을 인식하고 감사한 마음으로 기억 속에 간직하고 있는지 아닌지는 매우 근본적인 질문이다. 우리는 살면서 힘들었던 상황을 현재까지 기억하는 경향이 있다. 이미 오래전에 해결된 상황인데도 말이다. 우리가 힘겨웠던 상황을 기억 속에 간직하는 이유는 우리 생각대로 되지 않았기 때문이다. 그런데 좋은 경험들, 예를 들면 결정적인 순간에 단호하게 말해 준 스승에게 고마움을 느꼈던 일과 같은 좋은 경험은 뒤늦게 뇌리에 떠오르는 경우가 많다.

° 한 80세 노인은 자신의 스승 덕분에 좋은 인생을 살게 되었다고 생각에 잠겨 말했다. 그가 술을 흥청망청 마시고 우쭐대며 법을 우습게 여기며 살았던 열일곱 살 때 그의 스승이 그에게 공부해서 바르고 품위 있는 사람이 되든지, 아니면 아버지처럼 비참한 삶을 살든지 선택하라고 했다는 것이다. 당시 그는 그런 말을 한 스승에게 화가 났고, 자신도 '품성'이 있다는 것을 그에게 보여 주고 싶었다. 그 후 그는 스승에게 감사한 마음을 품게 되었고 그 감사한 마음이 그때보다 지금 훨씬 더 커졌지만, 감사함을 스

승에게 전하지 못한 것을 후회한다고 말했다.

　좋은 경험이 반드시 즐거운 경험은 아니다. 어떤 삶의 상황 — 대부분 실존적인 어려움에 처한 상황 — 에서는 다른 사람이 나에게 연민을 느끼며 솔직하게 말해 주거나, 어떤 상황에서 어떻게 하면 좋을지 또는 어떻게 하면 안 되는지를 알려 주는 경우도 많다. 그럴 때는 기분이 상할 수도 있지만, 이것이 지극히 인간적인 만남이며 상대가 자신을 중요하게 여기고 애정을 가졌다는 것을 느끼기 때문에 수치심과 분노를 어느 정도 제어할 수 있게 된다. 이러한 상황은 삶에 대한 신뢰, 다른 사람에 대한 신뢰를 키운다. 왜냐하면 좋은 경험은 우리와 가장 가까운 사람들, 좋은 경험을 할 수 있으리라 기대하는 사람들에게서만 얻는 것이 아니라, 그저 어떤 특정한 상황에서 우리를 보고 도우려는 사람들에게서 더 많이 얻기 때문이다. 이러한 사람들은 본인의 시각에서 많은 조언을 늘어놓는 사람들과는 큰 차이가 있다. 하지만 우리가 처한 상황을 진정으로 이해하지 않은 상태에서 그러한 원치 않는 조언을 늘어놓는다면 아무리 좋은 의도라도 우리에게 전혀 도움이 되지 않는다. 사람에 대한 신뢰를 바탕으로 좋은 경험을 기억하는 것, 이러한 경험을 언제든지 다시 할 수 있다는 희망을 키우는 것, 이것은 노후의 소망이기도 하다.

희망과 기대를 담은 상상

생각을 바꾸면 우리의 기분과 감정, 신체적 각성만 변화하는 것이 아니라, 우리 몸에도 영향을 미칠 수 있다. 우리는 아이디어를 발전시키면서 생각을 바꿔 나간다. 나는 이 책에서 자신을 보호하기 위한 방어적 환상, 즉 어려운 상황을 극복하는 데 도움이 되는 상상에 대해 이야기한 바 있다. 이러한 맥락에서 나는 플라세보placebo 효과 — 플라세보는 '마음에 들도록 한다'라는 뜻이다 — 가 특히 흥미롭다고 생각한다. 플라세보 효과는 기대하는 내용을 상상함으로써 물질, 즉 신체에 영향을 미칠 수 있음을 보여 준다. 말하자면 문제와 관련된 활성 성분이 포함되어 있지 않은 약물이라도 의료적 효과를 가질 수 있다는 것이다.

오늘날에는 플라세보 효과에 대해 해당 유효 성분이 들어 있지 않아도 약물이 효과 있다는 내용으로 널리 알려져 있다. 또한 플라세보 효과는 의사 대 환자의 관계에 기반을 두고 있다. 그런데 플라세보 효과는 원래 생각했던 것보다 훨씬 더 복잡하고 신비롭다.

신경과학자들은 영상 기술을 사용하여 뇌에서 나타나는 플라세보 효과를 보여 준다. 파브리치오 베네데티Fabrizio Benedetti에 따르면 인간의 상상력은 "약물에 의해 활성화되는 것과 유사한 메커니즘을 가동할 수 있다."[20] 상상력, 상상은 뇌에 영향을 미칠 수 있으며, 신체에 생물학적 변화를 일으킬 수 있다. 학자들은 양전자 방출 단층촬영Positron Emission Tomography, PET을 사용하여 가짜 약이 보상 중추인 측좌핵Nucleus Accumbens이 신경전달물질인 도파민을 분비할 수 있도록 작용한다고 확인했다. 보상 중추는 우리가 아름다운 것, 좋은 것을 기대할 때 활성화된다. 분비되는 도파민의 양은 약물 효과에 대한 기대치와 관계가 있다.

플라세보 효과는 우리 자신의 기대에 좌우된다. 즉 우리가 체념이 아닌 희망과 관련된 상상을 가동할 수 있는지에 따라 달라진다. 기대하고 상상하는 것은 신체에 영향을 미칠 수 있다. '플라세보'는 약물 효과를 훨씬 뛰어넘는, 자신의 기대치를 믿고 상상하는 힘을 나타내는 용어라고 할 수 있다.

그런데 긍정적인 기대 효과만 있는 것이 아니라 부정적인 기대 효과도 당연히 존재한다. 이를 '노시보nocebo 효과'─노시보는 '해를 입을 것이다'라는 뜻이다─라고 말한다. 군힐드 오프테달Gunnhild Oftedal이 이

끄는 노르웨이 연구진은 휴대전화가 두통에 미치는 영향을 연구했다. 전체 사례의 68퍼센트에서 사람들은 휴대전화가 켜져 있든 꺼져 있든 불편함을 호소했다. 오프테달은 이러한 증상이 아마도 '부정적인 기대에 의해 유발'[21]된 것이라고 본다.

플라세보 효과는 도움을 줄 것이라는 희망과 기대를 담은 상상이 우리 몸에 영향을 미칠 수 있음을 보여 준다. 말하자면 생각하고 상상하는 내용을 바꾸면 뇌에도 변화를 불러올 수 있다는 말이다. 오늘날 성공적인 심리 치료도 플라세보 효과와 부분적으로 관련이 있다. 즉 사람들은 심리 치료를 통해 자신을 더 잘 다루고 이해하며, 더 많은 의미를 경험하고, 인간관계를 더 잘 꾸려 나가는 등 많은 것을 기대한다. 특히 치료사가 자신의 치료법에 확신이 있어 환자에게도 설득력 있는 영향을 미치는 경우 더욱 효과적이다. 또한 심리 치료를 통해 (뇌에서 일어나는 과정뿐만 아니라) 뇌의 구조도 변화한다. 우리가 '그냥 이야기만 해도' 이를 통해 뇌가 변화할 수 있다.

놓아두는 지혜

우리가 세상을 어떻게 보는지, 노년기를 어떻게 이해

하고 그에 대해 어떤 이미지를 마음속에 품고 있는지, 우리가 어떤 자유를 취할 수 있는지에 대한 생각은 노년기의 발전뿐만 아니라 일상생활에 대처하는 방식에도 큰 영향을 미친다. 삶이 곧 끝날 것임을 알면서도 통제하기보다 신뢰하는 것, 이것은 매우 중요하다. 어쩌면 통제할 힘이 없어서 그저 상황이 흘러가도록 내버려 두는 것일 수도 있다. 그러나 바로 이렇게 놓아두는 것이 지혜로울 수 있다. 지나친 통제는 자연스러운 조절 메커니즘을 방해한다. 모든 일에서 그렇듯이 통제할 때와 놓아줄 때를 아는 것, 이것은 지혜의 한 측면이 될 수 있다.

우리가 마음속에 품고 있는 이미지는 정신 건강뿐만 아니라 신체 건강에도 영향을 미치며, 나아가 대인 관계에도 영향을 미친다. 우울한 사람보다 밝은 사람을 만나는 것이 얼마나 더 좋은 일인가! 하지만 긍정적인 상상을 평생 연습하지 않는다면 삶을 긍정적인 방향으로 전환할 수 있을까? 카스텐슨의 연구가 사실이라면, 즉 노인들이 긍정적 감정과 부정적 감정을 상호 배타적이 아닌 서로 공존시키는 방향으로 살아간다면, 노년기에도 삶에 유익한 상상, 즐거운 상상을 더 많이 할 수 있고 이를 발전시켜 나갈 수 있으며, 노년기에 상실의 아픔과 신체적 노쇠를 겪더라도 행복감을 잘 유지할 수 있다. 기쁨과 같은 긍정적 감정과 긍정적 행동, 긍정적 사고를 인지하고 이를 연습하고 기록하여 실천할 것을 장려하는 긍정심리학Positive Psychology의 연구에 따르면, 나이가 들어 감에 따라 이러한 연습의 효과가 선형적으로 향상된다. 연구자들은 이것이 한편으로는 노인이 젊은 사람보다 더 성실하게 연습하기 때문일 수도 있지만, 다른 한편으로는 카스텐슨이 지적한 것처럼 노인의 감정 조절 능력이 크기 때문일 수도 있다고 생각한다.[22]

7. 이별하는 자세로 사는 삶

이별하는 자세로 살아가는 것[1]은 죽음과 그에 따른 끝을 인정하고 받아들이는 삶의 기본자세다. 끝은 단순히 '끝내는 것'만을 의미하는 것이 아니라, 새로운 '시작'을 의미하기도 한다. 끝과 시작은 끊임없이 반복한다. 모든 것은 변하기 마련이며, 우리가 이별하면서 살아가는 자세를 받아들일 수 있다면 예기치 않은 변화에 대처할 수 있다. 그것이 행복한 변화든 힘겨운 변화든. 그러나 결국 죽음을 이기는 것은 아무것도 없다. 이별을 받아들이며 사는 것은 창의적인 자세다. 왜냐하면 새로운 것이 창조되는 과정에서 과거의 것이 파괴되거나 상대화되기 때문이다. 우리가 항상 이별하는 자세로 살고, 사랑했던 것을 포기하고 놓아주며, 항상 새롭게 시작하고, 다가오는 것과 남아 있는 것을 새로운 관점에서 바라볼 준비가 되어 있다면 죽음에 직면한 삶은 더욱 강렬해진다.

유한함과 죽음은 인간의 삶에서 바꿀 수 없는 속

성이며, 아무리 힘들어도 우리는 이 사실을 받아들여야 한다. 죽음을 거부하면 죽음은 적이 되고, 우리 앞에서 혹은 뒤에서 끊임없이 우리를 위협하며 자유로운 삶을 꾸려 나가는 기쁨을 방해한다. 그렇게 되면 회색빛 죽음이 우리 삶을 덮어 버리고, 우리는 자기 자신과 타인에게 파괴적인 자세를 갖게 되어 우리 자신을 죽음과 동일시한다. 언젠가 죽게 된다는 사실을 직시하면 삶에서 본질적인 것이 무엇인지, 궁극적으로 중요한 것이 무엇인지 명확해진다.

오늘날에는 노화 과정을 멈추기 위한 다양한 연구가 수행되고 있다. 우리가 대략 400살까지 살 수 있다면 어떨지 상상해 보라고 하면 사람마다 아주 상반된 감정을 보여 준다. '멋지다!' '끔찍하다!' 같은 반응이다. 멋지다고 말하는 사람들은 400년 동안 살면서 많은 것을 경험할 수 있다고 생각한다. 반면 끔찍하다고 말하는 사람들은 모든 것이 아무 의미 없으니 아무것도 경험하지 못하리라고 생각하는 경우가 많다. 또한 하고 싶은 일들을 다음 100년으로 미루면 된다고 생각한다. 그런데 수명 연장에 열광하는 사람들은 몸에 대해서만 이야기할 뿐, 마음에 대해서는 이야기하지 않는다.[2] 그러나 죽음에 대한 인식은 암묵적이든 명시적이든 우리 인간이 자신의 잠재력을 실현하도록 해 준다. 물론 사람들은 항상 젊음의 샘을 상상해 왔다. 샘물에 몸을 담그면 젊음을 되찾아 준다는 젊음의 샘. 이러한 상상은 상징적으로 이해해야 한다. 즉 과거의 것을 계속해서 놓아주고 창조적인 변화를 받아들여 다시 새로워지는 것, 다시 말해 이별을 받아들이며 살아간다는 의미로 말이다.

삶의 끝으로서의 죽음이 아니더라도 죽음은 끊임없는 변화로서 항상 우리 삶에 영향을 미친다. 우리가 삶의 여러 변화를 마주할 때와 마찬가지로 죽음을 마주할 때도 우리 삶은 변화한다. 우리는 끊임없이 무언가가 죽게 내버려 두고, 계속해서 무언가를 놓아주고 포기하고 헤어져야 한다. 또한 우리는 계속해서 자신을 살피고, 사람들을 사랑하고, 삶에 집착하고, 무언가를 사랑한다……. 우리는 살면서 잃는 것도 있고, 얻는 것도 있다. 과거를 소중한 추억으로 간직하기도 하고 새로운 것을 얻기도 하며, 우리의 마지막 죽음을 생각하면서 미지의 것에 마음을 열기도 한다.

이별하는 마음으로 살아가는 것은 삶의 기술인 동시에 모든 사람에게 필요한 자세다. 이러한 자세는 평생 필요하며, 특히 노년기에는 더욱 필요하다. 자기 안으로 끌어들이고 놓아주는 것, 이것은 죽음을 인정하는 삶의 리듬이다.

이별하는 자세Abschiedlichkeit라는 용어를 창안한 철학자 빌헬름 바이셰델Wilhelm Weischedel은 다음과 같이 얘기했다.[3] "이별하는 자세는, 무상함이 모든 것을 결정하고 지배한다고 생각하며 모든 것에 의문을 품는 회의론자들에게 적절한 대답이다."[4] 그는 이별하는 자세에 대해 우리가 머무르고 있는 곳에서 끊임없이 작별하는 것이라고 이해한다. 그는 이를 두 가지 방향으로 설명한다. 즉 자기 자신과의 작별과 우리가 있는 세상과의 작별이다. 바이셰델은 이러한 자세를 위해서는 이 세상을 미리 등지는 게 아닌, 세상에 존재하기로 결심하는 것이 반드시 필요하다고 생각한다. 그는 이별하며 삶을 살아가기 위해서는 열린 마음과 책임감이라는 두 가지 태도가 동반되어야 한다고 생각하며, 열린 마음이란 진실성, 객관성, 수용성, 관용을 의미한다.[5]

삶은 끊임없이 변한다는 사실과 마주하여 우리는 항상 이별할 준비가 되어 있어야 한다. 우리가 좋아했던 사람들, 인생의 여러 단계, 소중히 여겼던 것들, 우리 자신에 대한 생각뿐만 아니라 다른 사람들의 생각, 세상이 어때야 한다는 생각 등 이 모든 것과 이별하는 마음으로 살아가야 한다. 그러나 이러한 이별, 종종 매우 고통스러운 작별을 하면서 우리의 인생 이야기는 수많은 변화가 담긴 이야기가 되어 빛을 발한다.

이러한 우리의 이야기는 우리 자신이기도 하다. 우리 자신을 잃지 않으면서도 우리의 존재가 드러날 수 있도록 놓아주는 것이 중요하다. 이를 위해서는 자기 삶을 성찰하는 것, 많은 이별 속에서도 삶의 연속성을 느끼게 해 주는 경험을 하는 것이 필요하다. 우리는 그 어떤 변화와 어려움에도 흔들리지 않는 일관성 있는 존재인 동시에 발전하는 존재이며, 통일성 있는 삶을 경험한다. 우리는 살면서 많은 경험과 이야기를 쌓아 나가며, 이 과정에서 우리의 정체성을 발견한다. 이별을 통해 우리는 남아 있는 것이 무엇인지 느끼며, 자신의 존재와 돈독해진다. 자기 자신과의 이러한 유대감은 변화 속에서도 흔들리지 않는 자신의 정체성, 자기 자신에 대한 믿음과 같은 감정을 부여해 준다.

그러나 이별하는 마음으로 살아가려면 자기 자신과의 유대감만 필요한 것이 아니라, 다른 사람 및 세상과의 유대감, 관계, 친밀감에 의존하기도 한다. 물론 언젠가 이별해야 한다는 사실이 항상 거리감을 만들어 낸다. 친밀함과 거리감은 받아들임과 놓아줌의 주제이기도 하며, 우리의 관계를 전반적으로 결정하는 주제다. 남는 것은 기억이다. 즉 우리가 기억할 수 있는 한, 우리가 놓아준 보물을 몇 번이고 다시 불러낼 수 있다.[6]

그런데 특히 노년기에는 이별하는 자세로 말미암

아 모든 희망을 잃을 위험이 있다. 나는 이러한 절망이 죽음에 대한 충동의 결과가 아니라 숙명론적인 태도라고 본다. 즉 죽을 것이 분명한데 왜 살아야 하는가? 어차피 죽는데 마지막 노력이 가치 있을까? 그냥 죽음을 기다리면 되지 않을까? 이러한 자세는 노인들이 자신의 삶을 잘 마무리하고 싶고, 죽을 때까지 어떤 식으로든 완전하고 온전한 삶을 살고 싶다고 말하는 것과 모순된다.[7] 그러므로 마지막까지 노력해야 한다! 어떤 나이든 자기 삶에 관여하지 않는다면 삶은 실제로 존재하지 않는다. 어쩌면 우리는 끊임없이 진정한 삶을 기대하고, 미래에 언젠가 그러한 삶이 내게 펼쳐지기를 바라며 심지어 죽어서도 그러한 삶을 살기를 기대한다. 그러나 우리는 죽음 이후에 무엇이 있는지 알 수 없기 때문에 이러한 덧없음을 고려하여 우리에게 주어진 삶을 잘 가꾸어 나가는 것이 의미 있다고 생각한다.

우리 삶을 스스로 탕진하지 않으려면 이별하는 마음을 가지고 자기 삶에 적극적으로 관여하고, 사람들과의 유대감, 우리가 해야 할 여러 숙제를 돌보아야 한다. 특히 사람들과의 유대감은 우리 마음을 평안하게 해 주고 행복과 즐거움을 선사한다. 다양한 형태의 사랑을 생각해 보라. 특히 낭만적인 사랑에 빠질 때는 그 사랑이 영원하기를 바라며, 이별 같은 것은 없다고 생각한다. 하지만 우리는 알고 있다. 사랑과 죽음, 이것은 인생에서 가장 중요한 두 가지 주제라는 걸 말이다. 사랑하는 사람을 잃는 것만큼 가슴 아픈 일은 없다.

하지만 사랑하는 사람과 멀어질 수 있고 그들을 잃을 수 있다는 것을 알면서도 우리는 계속해서 관계를 맺으며 살아간다. 우리 삶이 시작하는 순간부터 우리는 관계와 유대를 맺으며, 이 관계가 잘 유지되기를 바란다. 우리는 다른 사람들, 자연, 세상과의 유대 덕분에 소속감과 안전감, 보살핌을 받는 느낌을 갖게 되며, 이러한 유대감이 내면화되면 외적으로뿐만 아니라 내적으로도 지탱하는 힘을 얻는다. 이를 위해서는 한 가지 전제가 뒤따른다. 즉 우리가 자신감을 가지고—노년기에도—자기 삶에 계속해서 관여해야 한다는 것이다.

삶에 대한 애착은 자신이 추구하는 관심사가 있고 우리를 활력으로 채워 주는 무언가가 있다는 것, 죽음이 가까워져도 마음속에는 삶에 대한 관심이 여전히 있다는 것을 의미하기도 한다. 다시 말해 일상적인 삶에서부터 무언가를 창의적으로 가꿔 나가면서 이를 가시화하고, 있는 그대로를 열린 마음으로 대하는 것이다. 이게 바로 삶을 사는 것이다. 가능한 한 다른 사람의 삶이 아닌 자신의 삶을. 노년기에는 일반적으로 직업 전선에서 물러나고, 직업 생활에 더 이상 자신을 맞출 필요가 없게 된다. 이것은 노년기의 아주 큰 기회 중 하나다. 직장 생활에 적응하려면 다른 사람들이 기대하는 대로 행동해야 한다. 즉 다른 사람들이 만들어 놓은 행동 지침을 따라야 한다.[8] 어떤 상황에서는 실제로 다르게 행동하고 싶고, 어떤 행동이 자신의 감정에 반한다고 느끼지만, 갈등을 일으키거나 위험을 감수하고 싶지는 않다는 생각이 든다. 노년기에는 더 이상 그럴 필요가 없으며, 자신이 진정으로 느끼고 생각하는 대로 행동하고 자신에게 정말 중요한 것이 무엇인지 표현할 기회를 다시 한번 얻게 된다. 이는 자아를 찾아가고 실현하는 과정에 의미가 있을 뿐만 아니라 주변 사람들에게도 중요하다. 이러한 과정은 평생 지속되며 내면 세계와 외부 세계를 이어주는 연결 고리가 된다.[9]

노인들은 남은 세월이 얼마 없기 때문에 종종 대담해지기도 하며, 해야 할 말이나 젊은이들이 새겨들어야 할 말을 하는 경우가 종종 있다. 이러한 맥락에서 철학자 오도 마르크바르트Odo Marquard는 "거친 말을 하는 능력Schandmaulkompetenz"[10]에 대해 말하는데, 이는 매우 솔직한 말이나 불편하지만 사려 깊은 질문들, 노인으로서 마땅히 해야 하고 할 수 있는 말을 하는 능력을 뜻한다. 자기 앞에 더 많은 미래가 남아 있다고 생각하는 젊은이들은―그렇게 확신할 수는 없지만―자신이 하는 위험한 행동이나 지나치게 숨김없는 말, 단호하게 거부하는 말이 언젠가는 자신에게 '되돌아올 것'이라는 사실을 유념해야 한다. 하지만 노년기에는 더 이상 이런 걱정을 할 필요가 없어진다! 그리고 이것은 노년기에 적어도 사고와 사회적 행동의 측면에서 자기 삶을 더 많이 살 수 있는 자유다. 비록 신체적으로는 점점 더 의존하게 되어 또 다른 적응이 필요하기는 하지만, 그렇다고 해서 우리에게 남아 있는 자유를 포기할 필요는 없다.

인생을 살아갈 때, 물론 남은 시간이 얼마 남지 않은 노년기에도 궁극적으로 중요한 것은 우리가 지금 누구인지, 앞으로 우리가 어떤 사람이 되고 싶은지, 한때 어떤 사람이 되고 싶었는지를 분명히 아는 것이다. 또한 현재 자신의 존재를 받아들이는 것도 중요하다. 자기 삶과 아직 화해하지 못했다면, 지금이 바로 용서할 수 없던 것들과 화해하고 힘을 얻을 시간이다. 자기 자신, 자신이 살아온 삶과 화해한다는 것은 세상 모든 사람처럼 자신도 '그림자처럼 어두운' 행동을 할 수 있다는 마음으로 자신을 다정하게 바라보는 것을 의미한다. 또한 인생이 언제나 좋기만 하고 성공만 있다는 생각에서 그만 벗어나는 것을 의미하기도 한다. 인간의 품위는 모든 역경에도 불구하고 인생을 잘 헤쳐 왔다는 확신에서 비롯되며, 그렇지 않다면 우리는 더 이상 존재하지 못할 것이다. 우리가 삶을 돌이켜보며 느끼는 이러한 감정적인 확신으로부터 삶의 의미를 직접적으로 경험할 수 있다. 우리는 의미가 의심스러워졌을 때, 삶의 의미를 묻고 싶을 때 의미에 대한 질문을 던진다. 자신의 삶을 살면서 의미를 찾고자 하는 욕구는 인간의 기본 욕구로, 반드시 충족되어야 한다. 사람들은 끊임없이 의미를 만든다. 우리는 어떤 일을 하거나 하지 않는 것이 왜 의미가 있는지, 혹은 왜 무의미한지 이해하고 싶어 한다.

의미를 묻는 질문은 삶에 실용적이고 실질적일 수 있다. '이걸 해야 할까, 말아야 할까? 이렇게 많은 에너지를 투입하는 것이 합당한가?' 동기 부여를 묻는 질문, 우리 행동을 판단하는 질문은 의미에 대한, 즉 '내 삶'의 의미에 대한 실존적이고 실용적인 질문으로 이해할 수 있다. 누군가에게 의미 있는 것이 다른 누군가에게는 무의미할 수도 있다. 그러나 의미를 묻는 질문은 보다 근본적이고 철학적인 질문으로 순식간에 발전한다. 인간은 결국 죽기 마련인데 삶이라는 것이 의미가 있을까? 우리는 대부분 고통을 무의미한 것으로 경험한다. 고통에도 의미가 있을까? 이러한 철학적 질문은 살면서 언젠가 한 번쯤, 특히 노년기에 많이 하게 된다. 그리고 아마도 우리는 "왜냐고 묻지 않는 삶Leben ohne Warum" ― "준더 바룸베sunder warumbe"(마이스터 에크하르트Meister Eckhart) ― 이 살 가치가 있다는 생각에 이를 것이다. 끊임없이 더 깊은 의미를 찾아야 하는 것이 아니라, 살아간다는 사실만으로도 사는 데 충분한 이유가 될 수 있다. 어떤 사람들은 자연에서 삶의 의미를 경험한다.

° 한 82세 여성은 식물과 세상의 아름다움에 사로잡혀 잠시 모든 것과 하나가 되는 듯한 느낌을 받는 날이 있다고 말한다. 이러한 경험으로 말미암아 그녀는 자신의 삶이 의미 있다고 느낀다.

° 한 86세 남성은 멋진 성적 경험에 대한 기억을 떠올리는 것을 좋아한다고 말한다. 그는 살면서 자주 경험했던 가벼운 사랑과 매혹, 자신에게 활력을 주었던 경험들을 더 이상 하지 못하는 사실이 애석하다고 느낀다. 하지만 지금은 완전히 다른 형태의 사랑, 즉 자연, 음악, 젊은 사람들, 어린아이에 대한 사랑 등 모든 것을 아우르는 사랑을 갖게 되었음을 깨달았다. 이는 의미의 경험에 매우 가깝다.

우리가 더 이상 삶을 전반적으로 파악하지 못하거나 삶 자체를 이해할 수 없을 때 삶의 의미가 없는 것처럼 느껴진다. 그렇기 때문에 자신의 감정과 느낌에 대한 질문, 궁극적으로 자신의 정체성에 대한 질문, 다른 사람들과의 확실한 유대감에 대한 질문, 그리고 살면서 실현한 가치에 대한 질문은 매우 중요하다. 우리가 선택하는 모든 삶의 형태는 의미를 어떻게 구성하는지와 관련이 있다. 우리는 우리에게 중요한 가치를 실현할 수 있고 충분한 만족감이나 행복을 주는 삶의 방식이 의미 있다고 여긴다. 적어도 우리는 행복과 불행이 어느 정도 균형을 이루길 바란다. 가까운 사람의 죽음처럼 충격적인 운명의 사건이 발생하면 우리가 선택한 삶의 구상은 더 이상 유지되지 못하고 큰 의미 상실을 경험하게 된다. 바로 이 순간, 의미에 대한 질문이 다시 새롭게 떠오른다.

우리가 삶을 이별하며 사는 것이라고 이해한다면 자기 삶을 찾아 나가는 우리의 노력, 의미를 찾는 노력은 분명하게 드러난다. 또한 자기 효능감의 경험, 자신과 타인을 위해 자기 삶을 변화시킬 수 있는 경험도 중요하다. 이러한 경험들은 자존감을 높이는 기반이 된다. 자기 효능감을 경험한 사람들은 어려운 상황에서도 포기하지 않는다. 다른 사람들과 함께 자기 삶을 가꾸어 나가고 필요한 일을 하는 것, 외적으로나 내적으로 우리에게 다가오는 것들을 받아들이는 것은 중요하다. 이는 궁극적으로 의미의 경험으로 이어진다.

내려놓고 있는 그대로 받아들이기

우리는 언젠가 죽는다는 사실을 받아들이는 동시에 자기 삶에 관여함으로써 ─ 노년기에는 그 정도가 조금 덜하긴 하지만 ─ 마음의 균형을 유지할 수 있다. 삶에 관여한다는 것은 자기 삶의 주제와 자신의 관심사를 추구하는 것을 의미한다. 이는 기쁨과 경쾌함을 느끼게 하며, 죽음이 다가와도 강렬하게 살아갈 수 있다는 느낌을 준다. 죽어야 함에도, 내려놓아야 함에도 삶의 기쁨, 삶의 즐거움, 삶을 만들어 나가는 즐거움을 느낄 수 있다.

　　내려놓는 것은 이별하는 마음으로 살아가는 삶에서 중요한 주제다. 예전이었다면 극복할 수 있었거나 지나치게 과했던 우리 자신을 향한 요구 사항들을 이제는 감당할 수 없게 되었다. 이러한 것들을 가벼운 마음으로, 어쩌면 아쉬운 마음으로 내려놓아야 한다. 일상생활의 측면에서 볼 때 내려놓기라는 주제는 신체의 활동성을 통해 쉽게 확인할 수 있다. 이를테면 짐이 너무 무거워지면 내려놓아야 한다. 너무 힘들고 지치면 내려놓아야 한다. 또한 자신이 여전히 무엇이 든지 할 수 있고 예전의 자신과 다를 바 없으며, 도움이 필요하지 않고 의존적이지 않다는 자아상도 내려놓아야 한다. 기존의 자아상과는 작별을 고해야 하며, 새로운 자아상을 통해 삶을 다시 새롭게 살아 나갈 수 있다. 지금의 자신과는 어울리지 않는 자아상을 내려놓고, 이제는 더 이상 그렇게 이상적이지는 않지만 보다 현실적이고 진정성 있는 자아상을 만드는 것, 자신의 부정적인 측면을 받아들이고 자기 자신과 화해하는 것이 중요하다. 중증 질환을 앓는 마리안네 시스는 이에 대해 다음과 같이 이야기한다.

° "나는 약해지는 내 체력에 맞춰 나 자신에게 무리를 주지 않으면서, 가능한 것을 실현하는 것을 큰 도전으로 보고 있다. 삶과 함께 흘러가는 기술, 내 의지와 신체 상태를 같은 곳에 두는 기술이 궁극적으로 중요하며, 이는 나에게 최적의 삶의 질을 제공한다."[11]

내려놓고, 있는 그대로를 받아들이면 삶의 질이 높아진다. 하지만 노년기에는 점점 늘어 가는 고독을 받아들이다 보면 이것이 외로움으로 바뀔 수 있다. 그러나 애도, 특히 끝을 향해 가는 삶에 대한 애도는 우리 인간이 가진 가장 훌륭한 자산이기도 하다. 우리는 애도하는 마음을 통해 추억과 지나간 것에 대한 감사함, 무언가를 계속 주고 싶은 소망, 아쉬움을 느낀다.

젊은 나이에는 내려놓기가 어렵다. 왜냐하면 젊을 때는—뒤늦게 깨닫긴 하지만—항상 새로운 것이 다가오고, 그 새로운 것이 대부분 흥미롭고 설레며 도전적이기 때문이다. 인생은 언제나 놀라움을 선사하며, 우리 자신도 놀라움 그 자체다.

노년기에 들어서면 내려놓는 것이 점점 더 어려워진다. 왜냐하면 내려놓는다는 것이 마지막 죽음이라는 실존적 차원을 떠올리게 하기 때문이다. 점점 의존적인 존재가 되어 가는 노년기에는 내려놓는다는 도전이 자립성을 포기해야 한다는 것을 의미한다. '내가 내려놓으면 뭔가 다른 것을 얻을 수 있을 것이다. 내가 원한 것은 아닐지 모르지만, 뜻밖의 무언가를 놀랍게 얻을 수도 있다'라는 계산은 노년기에는 더 이상 그렇게 쉽게 유지되지 못한다. 자립성을 포기하면 우리 노인들은 무엇을 받게 될까? 우리는 보살핌을 받게 되고, 운이 좋으면 사랑이 넘치는 보살핌을 받게 된다.

내려놓는 것에서 행복을 얻는 것은 삶의 기술이 된다. 하지만 간과해서는 안 되는 것이 있다. 즉 우리가 내려놓는 것은 점점 많아질 것이며, 우리 손에 있는 것은 점점 적어지기 때문에 그만큼 더욱 소중해질 것이라는 점이다. 우리 노인들의 자존감은 어디에서 비롯될까? 바로 우리가 살아온 삶에서, 우리의 추억에 감정적으로 다가감으로써 자존감이 생겨난다. 우리가 경험한 것, 우리가 이룬 것, 그리고 지금 우리가 경험할 수 있는 것을 소중히 여길 수 있다면 말이다. 분명한 사실은 사람들이 우리 주변에서 떠나간다는 것이다. 그러나 새로운 사람들이 늘 우리 곁에 다가온다. 이것이야말로 이별하면서 사는 삶이다.

노년기에 젊은 사람들과의 관계는 매우 중요한 기쁨의 원천이다. 또한 자신이 떠나더라도 삶이 계속된다는 확신을 주는 원천이기도 하다. 이는 우리가 손자, 손녀를 보면 기쁨을 느끼는 이유일 수도 있다. 젊은 사람들의 활기에 마치 전염되듯 영향을 받을 수는 있지만, 그렇다고 다시 젊어질 수는 없다. 하지만 젊은 사람들은 늘 우리에게 자극이 된다.

° 한 78세 여성은 종종 대학교의 학생 식당에 앉아 있는 것을 좋아한다고 이야기한다. 수많은 젊은 사람들이 토론하고 논쟁하는 모습이 보기 좋기 때문이다. 그래서 그녀는 "젊은이들을 보러 간다"고 말한

다. 간혹 그녀가 젊은이들의 대화에 끼어들 때가 있
는데, 그녀는 이를 "운명의 순간"이라고 표현한다.

° 한 82세 남성이 자신의 꿈에 대해 이야기한다. "나
는 산에 있었는데, 아마 알프슈타인이었을 거예요.
거기에는 젊은 등반가들이 많았어요. 아주 건장한
젊은 남성들이요. 그들이 빠른 속도로 산을 오르고
있었어요! 그 모습을 보는 것만으로도 정말 좋았어
요. 나는 뒤에 남아서 젊은이들의 힘을 느끼며 기뻐
했어요." 그가 이 꿈을 이야기한 이유는 이 꿈이, 그
리고 강인한 그 젊은 남성들이 자신에게 활력을 주
었기 때문이다! 하지만 이 꿈에서 아쉬움을 느끼기
도 했다. 그는 뒤에 남아서 젊은이들의 활기를 함께
경험하고 기뻐할 수는 있었지만, 더 이상 스스로 산
을 오를 수는 없었기 때문이다. 그는 이렇게 말한다.
"나는 그때도 지금도 여전히 내 안에서 그 힘을 느껴
요." 그에게는 여전히 이 힘이 존재하고, 그의 내면
에는 여전히 이 청년들의 면모가 존재하지만, 그렇
다고 다시 과거의 모습으로 돌아갈 수는 없다.
젊은 세대는 활기차며, 노인들은 에너지 넘치는 젊
은 세대를 보며 함께 기뻐할 수 있다. 이는 한편으로
과거 자신의 모습을 떠올리게 하지만, 삶이 계속되

고 새로운 세대가 세상을 이끈다는 것에 대한 기쁨을 느끼게도 한다. 그러자 그는 자신이 얼마나 많은 젊은이에게 영감을 주었는지, 특히 산을 오를 때 다른 사람들에게 어떤 자극을 주었는지, 그리고 이렇게 자신의 격려와 의도가 계속 전달되고 다른 사람들에 의해 끊임없이 실현되고 변화된다는 사실을 떠올린다. 이제 그는 자신이 항상 다른 사람들을 돕고 그들에게 영감을 준 것에 대해 스스로에게 감사하고 있다. 이러한 감사한 마음을 통해 그는 자신이 다른 사람들 속에서 계속 살고 있다고 느낀다. 이것은 초월의 한 형태다!

우리를 지탱해 주는 희망

삶의 끝이 다가오고 있음을 감지하는 사람들은 자신이 살아온 삶의 리듬과 방식을 돌이켜보며 한 번쯤 인생의 무상함을 느끼며 슬퍼한다. 이를테면 자연의 어떤 기운을 다시 한번 아주 의식적으로 만끽하면서 자신이 세상을 떠나야 한다는 유감스러움과 함께 아쉬움과 고마움으로 마음이 벅차오른다. 인생에서 중요했던 많은 것을 마음속에 새기면 힘든 나날을 버티게 해 주는 보물이 된다.

놓아주는 것은 슬픔과 연관되고, 받아들이는 것은 기쁨과 연관된다. 이에 대해 마리안네 시스는 다음과 같이 이야기한다.

° "내가 그러한 잊을 수 없는 경험을, 아프기 시작했을 때 하게 될 줄은 꿈에도 몰랐다. 다가오는 시간이 나를 행복하게 해 주는 자양분이 될 줄은. (…) 인생의 무상함이 삶의 일부라는 것을 받아들임으로써 자연의 아름다움을 매우 강렬하게 인식하고 우리가 자연의 일부임을 느끼게 된다. 마치 일종의 패러다임 전환, 즉 앞에서 언급한 '소유'에서 '존재'로의 전환이 일어나고 있는 것 같다. 삶의 경험들은 일상적인 색채보다는 어떤 면에서 원형적原型的 형태를 띠게 된다."[12]

감사함, 놀라움, 기쁨, 이는 마리안네 시스가 무상함을 받아들였으므로 느끼는 감정들이다. 또한 삶이 더 이상 일상적이지 않고 원형적으로 느껴지는 새로운 형태의 자각을 하게 된다.

고령자나 다른 어떤 이유로 죽음을 앞둔 사람들은 특히 자연과의 유대감을 강조하는 경우가 많다. 노년이 되면 자신 역시 자연의 일부이며 자연의 법칙을 따른다는 사실을 더 많이 깨닫게 되는 것일까? 꽃이 피고 짐. 아름다움과 시듦. 시듦의 아름다움. 더 이상 자신의 상태를 중심에 두지 않고 더 위대한 자연과의 유대에 초점을 맞추는 것, 말하자면 자아가 서서히 없어지는 것, 이것 또한 초월의 한 형태다.

세네카는 이렇게 말한다. "열매는 시간이 갈수록 점점 맛있어진다. (…) 인생은 추락하지 않고 서서히 아래를 향해 내려올 때가 가장 즐겁다. 그 마지막 끝자락에 서 있을 때도 그 나름의 기쁨이 있다. 그리고 아무런 욕구를 가지지 않아도 된다."[13] 기쁨에는 신뢰가 따른다. 우리는 기쁨의 경험들을 몇 번이고 떠올릴 수 있고, 우리의 기억 속에서, 우리의 이야기 속에서 기쁨은 더욱 생생해진다. 기쁨은 희망의 동생이며, 긍정적인 감정 중 하나인 희망은 우리가 살아 있는 한 느끼게 되는 기본적인 감정이다. 그 어떤 역경에도, 죽음에도 우리는 더 나은 삶에 대한 희망을 품으며 살아간다. 말하자면 우리 삶을 지탱해 주는 것은 희망이다.

희망이 정말로 무엇인지 말하기는 매우 어렵다. 희망이 완전히 사라져 갈 때 비로소 우리는 아직 무언가가 우리를 지탱해 준다는 것, 더 나아질 것이라는 막

연한 희망을 여전히 품고 있다는 것, 더 나은 방향으로 바뀔 것이라는 믿음이 있다는 것을 깨닫는다. 현실적으로는 나아질 거라고 확신할 수는 없지만 말이다. 예전에는 많은 사람이 사후 세계에 대한 희망을 품었지만, 이제는 그러한 희망 대신 어렴풋이나마 자기 존재에 대한 어떤 기본적인 느낌을 지닌다. 말하자면 미래에 일어날 일에 믿음을 가지고 자신을 맡기는 것이다. 이는 존재에 대한 확고한 신뢰, 즉 어떻게든 해결책이 있을 것이라는 믿음을 드러낸다. 따라서 — 기대가 아닌 — 희망은 살아 있다는 감정, 삶을 유지하고 죽을 때까지 계속 펼쳐 나가려는 욕구를 수반한다. 다마지오는 이를 감정적 측면에서 가능한 한 생명을 오래 유지하려는 모든 세포의 의지라고 설명한다.[14]

우리는 생물학적으로 미래에 대한 믿음을 가지고 있으며, 이러한 믿음이 희망으로 표현된다. 하지만 우리는 근본적으로 희망을 구분할 필요가 있다. 하나는 생명체가 기본적으로 가지고 있는 배경 감정으로서의 희망이다. 즉 살아 있는 인간의 배경을 이루는 감정이다. 다른 하나는 좀 더 일상적인 희망이다. 우리는 이러한 희망을 더 많이 품기도 하고 잃기도 한다. 일상적인 희망은, 때로는 절망과 체념으로 이어진다. 그러면 우리는 더 이상 자신감을 가지고 미래를 바라보지 못하고, 걱정스럽게 미래를 바라본다. 그럼에도 우리는 상황이 그렇게 나쁘지는 않으며 어떻게든 나아질 것이라는 잠재적인 희망을 품으며 계속 살아간다. 다른 사람들보다 더 많은 희망을 품고 살아가는 사람들도 있다. 그들은 더 큰 자신감을 가지고 미래를 바라보며, 삶이 안정적이고 잘 지탱되고 있다고 느낀다. 반면 삶이 불안정하다고 느끼는 사람들도 있다. 하지만 이들도 희망을 잃었다고 생각할 때 갑자기 다시 희망을 찾게 된다.

죽음의 기술은 삶의 기술이다

우리가 이별하는 자세로 삶을 살아갈 수밖에 없다고 가정한다면, '아르스 모리엔디Ars Moriendi', 즉 죽음의 기술 또한 삶의 기술의 한 형태이기도 하다. 이는 많은 변화와 상실, 이별을 받아들이면서 노화 과정에 맞추어 자기 삶을 새로운 모습으로 거듭나게 하는 것이다.

세네카는 죽음이 '아르스 비벤디Ars Vivendi', 즉 삶의 기술에 속한다고 생각했다. 그는 루킬리우스Lucilius에게 보낸 교훈적인 편지에서 매일 평온하게 삶을 내려놓는 연습을 하라고 권하며, 이를 통해 죽음에 대한 두려움을 없애고 자유롭고 용기 있게 삶에 임할 수 있다고 말했다.[15] 세네카는 또한 에피쿠로스를 기리며 다음과 같이 썼다. "'죽음을 생각한다'는 것은 자유를 생각하는 것이다."[16] 에리히 케스트너Erich Kästner 또한 이와 관련하여 자신의 한 시에서 다음과 같이 간결하게 표현했다. "삶을 사랑하고 죽음을 생각하라!"[17]

우리가 죽음을 자기 삶 속으로 받아들일수록 우리는 보다 활기차게 삶을 살아갈 수 있다. 우리가 죽음을 나에게만 일어나는 것, 사랑하는 사람의 죽음 등을 통해 나를 벌하기 위한 것이 아니라 일반적이고 보편적인 사실로 받아들인다면 의미에 대한 질문들, 이를테면 우리는 무엇을 위해 사는가라는 질문, 어떤 가치가 우리에게 절대적으로 중요한가라는 질문에 대해 다르게 답할 수 있다. 죽음이라는 형태의 운명은 벌이 아니라, 인간 삶의 일부다. 우리가 유한한 존재라는 사실을 받아들이면 자연의 생성 및 소멸과 조화를 이루는 자신을 발견하게 된다. 우리는 언젠가 죽는다는 사실을 마주하면서 다른 많은 사람과 함께 삶을 가꾸어 나가고, 창의성을 발휘하여 문화를 창조한다. 인간은 자연의 영역에 속하지만, 바로 그렇기 때문에 문화를 창조하기도 한다. 이별하는 자세로 살아가는 삶은 창조적인 삶이다.

7. 이별하는 자세로 사는 삶

외로움에 대한 새로운 발상

노인들이 외로움에 어떻게 대처하는지에 관한 이야기를 듣는 것은 흥미롭다. 노인들은 대부분 외롭다고 불평만 하지 않고 외로움을 극복할 수 있는 전략을 찾는다. 앞에서 언급한 100세 노인 시바타 도요[18]는 늘 외로움과 맞서 싸우고 있다.

　° 바람이
　유리문을 덜컹거리자
　나는 바람을 들어오게 한다.
　그다음 해가
　들어온다.
　우리 셋은
　이야기를 나눈다.
　할머니
　혼자서
　외롭지
　않으세요?
　바람과 해가
　묻는다.
　결국

우리 인간은
항상 혼자야.
나는 말한다.
적어도 우리는
평화로워, 그렇지 않은가?

    시바타 도요가 바람과 해를 오랜 친구처럼 자신
의 삶에 끌어들이고 자신을 더 큰 자연과 연결시켜 외
로움을 극복할 수 있었던 것은 상상력 덕분이다. 인간
은 언제나 혼자이며, 혼자 있거나 외로울 때는 적어도
평온함을 느낀다. 이것은 쓸쓸한 유머일까? 아니면 삶
의 기술일까?

감사의 말

나에게 자신의 이야기를 들려주고 이 책에 실을 수 있게 허락해 준 모든 분께 진심으로 감사드리며, 오래전에 세상을 떠나 마음속에서 살아가고 있는 옛 가족에 대한 추억을 나에게 나누어준 모든 분께도 감사의 말씀을 전한다. 또한 나와 함께 나이 든다는 것에 대해 의견을 나눈 모든 분께도 감사드린다. 특히 이 책을 집필하는 데 많은 도움을 준 크리스티아네 노이엔 Christiane Neuen에게 진심으로 감사를 전한다. 언제나 그렇듯 정말 즐거운 협업이었다.

2015년 8월, 장크트갈렌에서

들어가며

1   Kast, V., *Trauern. Phasen und Chancen des psychischen Prozesses*. Erw. Neuausg. 35. Gesamtaufl. Kreuz, Freiburg im Breisgau 2013 (1. Aufl. 1982).

1. 노년에 더 행복해진다는 역설

1   Staudinger, U. M., "Selbst und Persönlichkeit aus der Sicht der Lebensspannen-Psychologie." In: Greve, W. (Hg.): *Psychologie des Selbst*. Beltz/Psychologie-Verlags-Union, Weinheim 2000, 133– 148.

2   Brockmann, H., "Lebenszufriedenheit: Das Glück ist ein U. Interview mit der Soziologin Hilke Brockmann." In: *Spiegel Online*, 26. Januar 2014. http://www.spiegel.de/gesundheit/ psychologie/lebenszufriedenheit-hilke-brockmann-erklaertdas- glueck-a-942693.html (Zugriff: 24.11.2015).

3   Maercker, A., "Psychologie des höheren Lebensalters. Grundlagen der Alterspsychotherapie und klinischen Gerontopsychologie." In: Maercker, A. (Hg.): *Alterspsychotherapie und klinische Gerontopsychologie*. Springer, Berlin / Heidelberg / New York 2002, 1–58.

4   Blanchflower, D. G. / Oswald, A. J., "Is well-being U-shaped over the life cycle?" In: *Social Science Medicine* 66,8, 2008, 1733–1749.

5   Jung, C. G., *Die Lebenswende* (1931/2011). In: GW 8, §§ 749–795.

6　Stone, A. A. et al., "A comparison of coping assessed by ecological momentary assessment and retrospective recall." In: *Journal of Personality and Social Psychology* 74, 1998, 1670–1680.

7　Carstensen, L. L. et al., "Emotional experience improves with age. Evidence based on over 10 years of experience sampling." In: *Psychology and Aging* 26, 2011, 21–33.

3. 통제할 수 있는 것과 통제해야 하는 것

1　Seneca, L. A., *Philosophische Schriften. Bd. 3: Ad Lucilium epistulae morales I–LXIX*. Übers., eingel. und mit Anm. versehen von M. Rosenbach. Wissenschaftliche Buchgesellschaft, Darmstadt 1999, 195.

2　Seneca, L. A.: *Philosophische Schriften. Bd. 2: De vita beata u.a. Dialoge VII–XII*. Übers., eingel. und mit Anm. versehen von M. Rosenbach. Wissenschaftliche Buchgesellschaft, Darmstadt 1999, 201 참조.

3　Hüther, G., *Biologie der Angst. Wie aus Stress Gefühle werden*. Vandenhoeck Ruprecht, Göttingen 1999, 43 참조.

4　Williams, M., "The fear of death." In: *Journal of Analytical Psychology* 3, 1958, 157–165 참조.

5　Kast, V., *Was wirklich zählt ist das gelebte Leben. Die Kraft des Lebensrückblicks*. Herder Spektrum, Freiburg im Breisgau 2014 (1. Aufl. Kreuz, Freiburg im Breisgau 2010).

6　Freund, A., et al., "Selection, optimization, and compensation as strategies of life-management." In: *Psychology and Aging* 13, 1998, 531–543 참조.

7　Carstensen, "Emotional Experiences."

4. 삶의 방향성을 새롭게 만드는 감정들

1　Damasio, A. R., *Selbst ist der Mensch. Körper, Geist und die Entstehung des menschlichen Bewusstseins*. Siedler, München 2011, 133 ff. 참조.

2　Kast, V., *Vom Sinn der Angst. Wie Ängste sich festsetzen und wie sie sich verwandeln lassen*. 7. Aufl. (13. Gesamtaufl.) Herder Spektrum, Freiburg im Breisgau 2014 (1. Aufl. Herder, Freiburg im Breisgau 1996) 참조.

3   Kast, V., *Vom Sinn des Ärgers. Anreiz zur Selbstbehauptung und Selbstentfaltung*. Herder, Freiburg im Breisgau u. a. 2014 (1. Aufl. Kreuz, Stuttgart 1998) 참조.

4   Lévinas, E., *Totalität und Unendlichkeit. Versuch über die Exteriorität*. 4. Aufl. Studienausgabe. Alber, Freiburg im Breisgau u.a. 2003 (1. Aufl. 1987), 349.

5   Kast, V., *Der Schatten in uns. Die subversive Lebenskraft*. Überarbeitete Neuausgabe. Patmos, Ostfildern 2016 (1. Aufl. Walter, Zurich/ Dusseldorf 1999).

6   Kast, V., *Freude, Inspiration, Hoffnung*. 6. Aufl. Patmos, Ostfildern 2013 (1. Aufl. Walter, Solothurn/Dusseldorf 1991).

7   Sin, N. L. / Lyubomirsky, S., "Enhancing well-being and alleviating depressive symptoms with Positive Psychology interventions. A practice-friendly meta-analysis." In: *Journal of Clinical Psychology in Session* 65.5, 2009, 467 – 487.

8   Izard, C. E., *Die Emotionen des Menschen. Eine Einführung in die Grundlagen der Emotionspsychologie*. Beltz / Psychologie-Verlags-Union, Weinheim, 1981.

9   Kast, V., *Interesse und Langeweile als Quellen schöpferischer Energie*. Neuausgabe. Patmos, Ostfildern 2011 (1. Aufl. Walter, Düsseldorf/ Zurich 2001).

10 Panksepp, J., "Science of the brain as a gateway to understanding play. An interview with Jaak Panksepp." In: *American Journal of Play* 2.3, 2010, 276 참조.

11 Panksepp, J., *Affective Neuroscience. The Foundations of Human and Animal Emotions*. Oxford University Press, New York u.a. 1998, 149 참조.

12 Panksepp, J., "Science of the brain", 254 참조.

13 Kast, *Interesse und Langeweile* 참조.

14 Carstensen, "Emotional experience", 21 – 33 참조.

15 Staudinger, U. M., et al., "Selbst, Persönlichkeit und Lebensgestaltung im Alter. Psychologische Widerstandsfähigkeit und Vulnerabilität." In: Mayer, K. U. / Baltes, P. (Hg.): *Die Berliner Altersstudie*. Akademie Verlag, Berlin 1999, 321 – 350.

16 같은 글, 330.

17 Carstensen, "Emotional experience."

18 같은 글, 10 참조.

19 Reed, A. E. / Carstensen, L. L., "The Theory behind the age-related positivity effect." In: *Frontiers in Psychology* 3: 339, 2012, 5 참조.

20 Jung, C. G., *Über die Psychologie des Unbewußten* (1912, 2011).
Kapitel 5: Das persönliche und das überpersönliche oder kollektive
Unbewußte. In: GW 7, § 103 참조; Kast, *Der Schatten in uns*.

21 Blanchflower/Oswald, "Is well-being U-shaped", 1738 참조.

22 Reed/Carstensen, 5 참조.

23 같은 글, 7 참조.

24 Sorkin, D. / Rook, K. S., et al., "Interpersonal control strivings
and vulnerability to negative social exchanges in later life." In:
Psychology and Aging 19, 2004, 555 – 564 참조.

25 같은 글, 563 참조.

26 Kast, V., *Paare. Wie Phantasien unsere Liebesbeziehungen prägen*.
Herder, Freiburg im Breisgau 2015 (1. Aufl. Kreuz, Stuttgart 1984)
참조.

27 같은 책, 11 참조.

28 Kast, V., *Trauern* 참조.

29 Brecht, B., "Die unwürdige Greisin" (1943/1990). In: Gesammelte
Werke. Bd. 11: Prosa 1. Hg. in Zusammenarbeit mit E. Hauptmann.
Suhrkamp, Frankfurt am Main 1990, 315 – 320.

30 Smith, J. / Baltes, P. B., "Altern aus psychologischer Perspektive.
Trends und Profile im hohen Alter." In: Mayer, K. U. / Baltes, P. B.
(Hg.): *Die Berliner Altersstudie*. Akademie Verlag, Berlin 1999, 238 참
조.

31 같은 글, 238 참조.

32 Schröder, R. A., "Alter Mann." In: *Alten Mannes Sommer*. Suhrkamp,
Berlin 1947; Kast, V. (Hg.): *Diese voruberrauschende blaue einzige
Welt. Gedichte zu Lebensfreude und Endlichkeit*. Pendo, Zurich 2003,
12에서 인용.

33 Staudinger, U. M., et al., "Psychologische Widerstandskraft im
Alter." In: Mayer, K. U. / Baltes, P. B. (Hg.): *Die Berliner Altersstudie*.
Akademie Verlag, Berlin 1999, 347.

34 Erikson, E. H., *Der vollständige Lebenszyklus*. Suhrkamp TB,
Frankfurt am Main 1988, 78 ff. 참조.

35 Kast, *Was wirklich zählt;* Maercker, A., "Posttraumatische
Belastungsstörungen und komplizierte Trauer." In: Maercker, A.
(Hg.): *Alterspsychotherapie und klinische Gerontopsychologie*. Springer,
Berlin / Heidelberg / New York 2002, 253 f. 참조.

36 Maercker, A. / Forstmeier, S. (Hg.), *Der Lebensrückblick in Therapie
und Beratung*. Springer, Berlin/Heidelberg 2013 참조.

37   Eccles, J. C., "Imagination and art." In: *Internationale Gesellschaft für Kunst, Gestaltung und Therapie*. Mitteilungsblatt 4, Mai 1987 참조.

38   Markowitsch, H.-J., *Dem Gedächtnis auf der Spur. Vom Erinnern und Vergessen*. Primus, Darmstadt 2002 참조.

39   Sin/Lyubomirsky, "Enhancing well-being" 참조.

40   Pinquart, M. / Forstmeier, S., "Wirksamkeitsforschung." In: Maercker, A. / Forstmeier, S. (Hg.): *Der Lebensrückblick in Therapie und Beratung*. Springer, Berlin/Heidelberg 2013, 47 ff. 참조.

41   Kast, V., *Träume. Die geheimnisvolle Sprache des Unbewussten*. 6. Aufl. Patmos, Ostfildern (1. Auflage Walter, Dusseldorf 2006) 참조.

42   Roth, G. / Strüber, N., *Wie das Gehirn die Seele macht*. Klett-Cotta, Stuttgart 2014, 356.

43   같은 책, 120.

44   Carter, C. S., "Oxytocin pathways and the evolution of human behavior." In: *Annual Review of Psychology*, 2014, 65 참조.

45   Ruch, W. / Proyer, R. T., "Positive Interventionen. Stärkenorientierte Ansätze." In: Frank, R. (Hg.): *Therapieziel Wohlbefinden. Ressourcen aktivieren in der Psychotherapie*. 2., aktualisierte Aufl. Springer, Berlin/Heidelberg 2011 (1. Aufl. 2007), 83–91 참조.

5. 받아들일 것들과 극복할 것들

1   Gawande, A., *Being Mortal. Medicine and What Matters in the End*. Metropolitan Books u.a., New York 2014, 155 참조.

2   Riedel, I., "Die Kunst der Abhängigkeit." In: Buchheim, P. / Cierpka, M. / Seifert, Th. (Hg.): Lindauer Texte. *Abhangigkeit*. Springer, Berlin/Heidelberg u.a. 1991, 197–211 참조.

3   Kast, V., *Trotz allem Ich. Gefühle des Selbstwerts und die Erfahrung von Identität*. 9. Aufl. Herder Spektrum, Freiburg im Breisgau 2013 (1. Aufl. Herder, Freiburg im Breisgau 2003) 참조.

4   Seneca, *Philosophische Schriften*. Bd. 3, 75. 참조.

5   같은 책, 77.

6   Kuntze, S., *Altern wie ein Gentleman. Zwischen Müßiggang und Engagement*. Bertelsmann, München 2011, 109.

7   Blech, J., "Schlaulaufen." In: *Der Spiegel* 32/1.8.2015, 90–97, Bildunterschrift 94.

8 Küng, H., *Glücklich sterben? Mit dem Gespräch mit Anne Will*. Piper, München/Zürich 2014, 109.

9 같은 책, 15.

10 같은 책, 27.

6. 나이 들면서 더 좋아지는 것들

1 Seneca, *Philosophische Schriften*. Bd. 3, 115.

2 Gagel, H., *So viel Energie. Künstlerinnen in der dritten Lebensphase*. AvivA, Berlin 2005 참조.

3 같은 책, 141에서 인용.

4 Riedel, I., "Louise Bourgeois: Die Kunst einer Neunzigjährigen." In: Emrich, H. M. / Riedel, I. (Hg.): *Im Farbenkreis der Emotionen*. Könighausen Neumann, Würzburg 2003, 87 ff. 참조.

5 Gagel, *So viel Energie*, 133에서 인용.

6 같은 책, 147에서 인용.

7 Gawande, *Being Mortal*, 95 참조.

8 Schiess, M., "Kämpfen oder vertrauen – sterben lernen." In: Kast, V. (Hg.): *Inspirationen für ein gutes Leben. Heil sein – heil werden*. Herder, Freiburg im Breisgau 2005, 190.

9 Gawande, *Being Mortal*, 95 참조.

10 Kast, V., *Imagination. Zugänge zu inneren Ressourcen finden*. Patmos, Ostfildern 2012 (1. Aufl. Walter, Olten 1988).

11 Damasio, A. R., *Ich fühle, also bin ich. Die Entschlüsselung des Bewusstseins*. List, München 2000, 383; Damasio, A. R., *Selbst ist der Mensch*, 124 f.

12 Jung, C. G., *Kleines Lexikon der Analytischen Psychologie. Definitionen. Mit einem Vorwort von Verena Kast* [GW 6]. Edition C. G. Jung im Patmos Verlag, Ostfildern 2013, 79 f. [§ 792].

13 Frank, R., "Körperliches Wohlbefinden durch Selbstregulation verbessern." In: Frank, R. (Hg.): *Therapieziel Wohlbefinden. Ressourcen aktivieren in der Psychotherapie*. 2., aktualisierte Aufl. Springer, Berlin/Heidelberg 2011 (1. Aufl. 2007), 152 참조.

14 같은 글, 152.

15 Kast, V., *Seele braucht Zeit*. 2. Aufl. Kreuz, Freiburg im Breisgau 2014 (1. Aufl. 2013), 41 ff. 참조; 또한 Kast, *Imagination* 참조.

16   Kohler, M., "Im Rausch der Malerei." In: *art.Das Kunstmagazin*, Juli 2015, 30에서 인용.

17   Mason, M., et al., "Wandering Mind. The default network and stimulus-independent thought." In: *Science* 315, 2007, 393–395; Grüter, Th.: "Morgen war einmal. Warum wir Erinnerungen an die Vergangenheit brauchen, um uns die Zukunft vorzustellen." In: *Gehirn und Geist* 5, 2008, 58에서 인용.

18   Epikur, *Philosophie der Freude. Briefe, Hauptlehrsätze, Spruchsammlung, Fragmente.* Übertragen und mit einem Nachwort versehen von P. M. Laskowsky. Insel, Frankfurt am Main / Leipzig 1988, 103; Lukrez: *Über die Natur der Dinge.* Übertragen und kommentiert von K. Binder. Galiani, Berlin 2014.

19   Seneca, *Philosophische Schriften.* Bd. 2, 143.

20   Blech, J., "Wundermittel im Kopf." In: *Spiegel* 26/25.6.2007, 9에서 인용.

21   Schnabel, U., "Placebos. Die Medizin des Glaubens." In: *DIE ZEIT* 52, 19.12.2007, 43 f. http://pdf.zeit.de/2007/52/M-Glauben.pdf (Zugriff: 25.11.2015).

22   Sin/Lyubomirsky, "Enhancing well-being", 48 참조.

7. 이별하는 자세로 사는 삶

1   Kast, *Trauern*; dies., "Abschiedlich existieren – sich einlassen und loslassen." In: Frick, E. / Vogel, R. T. (Hg.): *Den Abschied vom Leben verstehen. Psychoanalyse und Palliative Care.* Kohlhammer, Stuttgart 2012, 104–116 참조.

2   Gifford, B., "Heilung vom Tod." In: *NZZ Folio: Ewig Leben* / August 2015, 14–16 참조.

3   Weischedel, W., *Skeptische Ethik.* Suhrkamp, Frankfurt am Main 1980, 196 참조.

4   같은 책, 196.

5   같은 책, 137 참조.

6   Kast, *Was zählt* 참조.

7   Gawande, *Being Mortal*, 155 참조.

8   Kast, *Seele braucht Zeit*, 93–97 참조.

9   Riedel, I., *Die innere Freiheit des Alterns.* 4. Aufl. Patmos, Ostfildern 2015 (1. Aufl. Patmos, Dusseldorf 2009), 123 f. 참조.

10   Marquard, O., "Von der Theoriefahigkeit des Alters." In: Marquard, O.: *Philosophie des Stattdessen*. Reclam, Stuttgart 2000, 138.

11   Schiess, "Kämpfen oder vertrauen", 190.

12   같은 글, 194 f.

13   Seneca, *Philosophische Schriften*. Bd. 3, 77 ff.

14   Damasio, A. R., *Selbst ist der Mensch. Körper, Geist und die Entstehung des menschlichen Bewusstseins*. Siedler, Munchen 2011, 48 참조.

15   Seneca, *Philosophische Schriften*. Bd. 3, 39 f. / Brief 4 참조.

16   같은 책, 227 / Brief 26,8.

17   Kästner, E., "Vom alten Mann." In: Kast, V. (Hg.): *Diese vorüberrauschende blaue einzige Welt. Gedichte zu Lebensfreude und Endlichkeit*. Pendo, Zürich, 52.

18   Shibata, T., *Du bist nie zu alt, um glücklich zu sein. Weisheiten einer Hundertjährigen*. Pendo, Munchen 2012, 31.

Blanchflower, D. G. / Oswald, A. J., "Is well-being U-shaped over the life cycle?" In: *Social Science Medicine* 66.8, 2008, 1733 – 1749.

Blech, J., "Schlaulaufen." In: *Der Spiegel* 32/1.8.2015, 90 – 97.

Blech, J., "Wundermittel im Kopf." In: *Spiegel* 26/25.6.2007, 6 – 17.

Brecht, B., "Die unwürdige Greisin" (1943/1990). In: Gesammelte Werke. Bd. 11: Prosa 1. Hg. in Zusammenarbeit mit E. Hauptmann. Suhrkamp, Frankfurt am Main 1990, 315 – 320.

Brockmann, H., "Lebenszufriedenheit: Das Glück ist ein U. Interview mit der Soziologin Hilke Brockmann." In: *Spiegel Online*, 26. Januar 2014. http://www.spiegel.de/gesundheit/psychologie/lebenszufriedenheit-hilke-brockmann-erklaert-das-gluecka-942693.html (Zugriff: 24.11.2015).

Carstensen, L. et al., "Emotional experience improves with age. Evidence based on over 10 years of experience sampling." In: *Psychology and Aging* 26, 2011, 21 – 33.

Carter, C. S., "Oxytocin pathways and the evolution of human behavior." In: *Annual Review of Psychology* 65, 2014, 17 – 39.

Damasio, A. R., *Ich fühle, also bin ich. Die Entschlüsselung des Bewusstseins.* List, München 2000.

Damasio, A. R., *Selbst ist der Mensch. Körper, Geist und die Entstehung des menschlichen Bewusstseins.* Siedler, München 2011.

Eccles, J. C., "Imagination and art." In: *Internationale Gesellschaft für Kunst, Gestaltung und Therapie.* Mitteilungsblatt 4, Mai 1987.

Epikur, *Philosophie der Freude. Briefe, Hauptlehrsätze, Spruchsammlung, Fragmente.* Übertragen und mit einem Nachwort versehen von P. M. Laskowsky. Insel, Frankfurt am Main / Leipzig 1988.

Erikson, E. H., *Der vollständige Lebenszyklus.* Suhrkamp TB, Frankfurt am

Main 1988.

Frank, R., "Körperliches Wohlbefinden durch Selbstregulation verbessern." In: Frank, R. (Hg.): *Therapieziel Wohlbefinden. Ressourcen aktivieren in der Psychotherapie*. 2., aktualisierte Aufl. Springer, Berlin/ Heidelberg 2011 (1. Aufl. 2007), 141–154.

Freund, A. et al., "Selection, optimization, and compensation as strategies of life-management." In: *Psychology and Aging* 13, 1998, 531–543.

Gagel, H., *So viel Energie. Künstlerinnen in der dritten Lebensphase*. AvivA, Berlin 2005.

Gawande, A., *Being Mortal. Medicine and What Matters in the End*. Metropolitan Books u.a., New York 2014.

Gifford, B., "Heilung vom Tod." In: *NZZ Folio: Ewig Leben* / August 2015, 14–16.

Grüter, Th., "Morgen war einmal. Warum wir Erinnerungen an die Vergangenheit brauchen, um uns die Zukunft vorzustellen." In: *Gehirn und Geist* 5, 2008, 54–59.

Hüther, G., *Biologie der Angst. Wie aus Stress Gefuhle werden*. Vandenhoeck Ruprecht, Gottingen 1999.

Izard, C. E., *Die Emotionen des Menschen. Eine Einführung in die Grundlagen der Emotionspsychologie*. Beltz / Psychologie-Verlags-Union, Weinheim, 1981.

Jung, C. G., *Gesammelte Werke (GW). 20 Bde*. Hg. von L. Jung-Merker / E. Rüf / L. Zander et al. Sonderausgabe. Edition C. G. Jung im Patmos Verlag, Ostfildern 2011 (Walter, Olten und Düsseldorf 1971 ff.).

Jung, C. G., *Kleines Lexikon der Analytischen Psychologie. Definitionen. Mit einem Vorwort von Verena Kast* [GW 6]. Edition C. G. Jung im Patmos Verlag, Ostfildern 2013.

Jung, C. G., *Die Lebenswende* (1931/2011). In: GW 8, §§ 749–795.

Jung, C. G., *Über die Psychologie des Unbewußten* (1912, 2011). In: GW 7, §§ 1–201.

Kästner, E., "Vom alten Mann." In: Kast, V. (Hg.): *Diese vorüberrauschende blaue einzige Welt. Gedichte zu Lebensfreude und Endlichkeit*. Pendo, Zürich, 52.

Kast, V., "Abschiedlich existieren – sich einlassen und loslassen." In: Frick, E. / Vogel, R. T. (Hg.): *Den Abschied vom Leben verstehen. Psychoanalyse und Palliative Care*. Kohlhammer, Stuttgart 2012, 104–116.

Kast, V., *Freude, Inspiration, Hoffnung*. 6. Aufl. Patmos, Ostfildern 2013 (1. Aufl. Walter, Solothurn/Dusseldorf 1991).

Kast, V., *Imagination. Zugänge zu inneren Ressourcen finden*. Patmos,

Ostfildern 2012 (1. Aufl. Walter, Olten 1988).

Kast, V., *Interesse und Langeweile als Quellen schöpferischer Energie*. Neuausgabe. Patmos, Ostfildern 2011 (1. Aufl. Walter, Dusseldorf/ Zurich 2001).

Kast, V., *Paare. Wie Phantasien unsere Liebesbeziehungen prägen*. Herder, Freiburg im Breisgau 2015 (1. Aufl. Kreuz, Stuttgart 1984).

Kast, V., *Der Schatten in uns. Die subversive Lebenskraft*. Neuausgabe. Patmos, Ostfildern 2016 (1. Aufl. Walter, Zurich/Düsseldorf 1999).

Kast, V., *Seele braucht Zeit*. 2. Aufl. Kreuz, Freiburg im Breisgau 2014 (1. Aufl. 2013).

Kast, V., *Vom Sinn der Angst. Wie Ängste sich festsetzen und wie sie sich verwandeln lassen*. 7. Aufl. (13. Gesamtaufl.) Herder Spektrum, Freiburg im Breisgau 2014 (1. Aufl. Herder, Freiburg im Breisgau 1996).

Kast, V., *Vom Sinn des Ärgers. Anreiz zur Selbstbehauptung und Selbstentfaltung*. Herder, Freiburg im Breisgau u.a. 2014 (1. Aufl. Kreuz, Stuttgart 1998).

Kast, V., *Träume. Die geheimnisvolle Sprache des Unbewussten*. 6. Aufl. Patmos, Ostfildern (1. Aufl. Walter, Dusseldorf 2006).

Kast, V., *Trauern. Phasen und Chancen des psychischen Prozesses*. Erw. Neuausg. 35. Gesamtaufl. Kreuz, Freiburg im Breisgau 2013 (1. Aufl. 1982).

Kast, V., *Trotz allem Ich. Gefühle des Selbstwerts und die Erfahrung von Identität*. 9. Aufl. Herder Spektrum, Freiburg im Breisgau 2013 (1. Aufl. Herder, Freiburg im Breisgau 2003).

Kast, V. (Hg.), *Diese vorüberrauschende blaue einzige Welt. Gedichte zu Lebensfreude und Endlichkeit*. Pendo, Zürich 2003.

Kast, V., *Was wirklich zählt ist das gelebte Leben. Die Kraft des Lebensrückblicks*. Herder Spektrum, Freiburg im Breisgau 2014 (1. Aufl. Kreuz, Freiburg im Breisgau 2010).

Kohler, M., "Im Rausch der Malerei." In: *art. Das Kunstmagazin*, Juli 2015.

Küng, H., *Glücklich sterben? Mit dem Gespräch mit Anne Will*. Piper, München/Zürich 2014.

Kuntze, S., *Altern wie ein Gentleman. Zwischen Müßiggang und Engagement*. Bertelsmann, Munchen 2011.

Lévinas, E., *Totalität und Unendlichkeit. Versuch über die Exteriorität*. 4. Aufl. Studienausgabe. Alber, Freiburg im Breisgau u. a. 2003 (1. Aufl. 1987).

Lukrez, *Über die Natur der Dinge*. Übertragen und kommentiert von K. Binder. Galiani, Berlin 2014.

Maercker, A., "Posttraumatische Belastungsstörungen und komplizierte Trauer." In: Maercker, A. (Hg.): *Alterspsychotherapie und klinische Gerontopsychologie*. Springer, Berlin / Heidelberg / New York 2002,

245 – 282.

Maercker, A., "Psychologie des höheren Lebensalters. Grundlagen der Alterspsychotherapie und klinischen Gerontopsychologie." In: Maercker, A. (Hg.): *Alterspsychotherapie und klinische Gerontopsychologie*. Springer, Berlin / Heidelberg / New York 2002, 1 – 58.

Maercker, A. / Forstmeier, S. (Hg.), *Der Lebensrückblick in Therapie und Beratung*. Springer, Berlin / Heidelberg 2013.

Markowitsch, H.-J., *Dem Gedächtnis auf der Spur. Vom Erinnern und Vergessen*. Primus, Darmstadt 2002.

Marquard, O., "Von der Theoriefähigkeit des Alters." In: Marquard, O.: *Philosophie des Stattdessen*. Reclam, Stuttgart 2000.

Mason, M. et al., "Wandering Mind. The default network and stimulus-independent thought." In: *Science* 315, 2007, 393 – 395.

Panksepp, J., *Affective Neuroscience. The Foundations of Human and Animal Emotions*. Oxford University Press, New York u.a. 1998.

Panksepp, J., "Science of the brain as a gateway to understanding play. An interview with Jaak Panksepp." In: *American Journal of Play* 2.3, 2010, 245 – 277.

Pinquart, M. / Forstmeier, S., "Wirksamkeitsforschung." In: Maercker, A. / Forstmeier, S. (Hg.): *Der Lebensrückblick in Therapie und Beratung*. Springer, Berlin/Heidelberg 2013, 47 – 64.

Reed, A. E. / Carstensen, L. L., "The Theory behind the age-related positivity effect." In: *Frontiers in Psychology* 3: 339, 2012, 1 – 9.

Riedel, I., *Die innere Freiheit des Alterns*. 4. Aufl. Patmos, Ostfildern 2015 (1. Aufl. Patmos, Dusseldorf 2009).

Riedel, I., "Die Kunst der Abhängigkeit." In: Buchheim, P. / Cierp ka, M. / Seifert, Th. (Hg.): Lindauer Texte. *Abhängigkeit*. Springer, Berlin/ Heidelberg u.a. 1991, 197 – 211.

Riedel, I., "Louise Bourgeois: Die Kunst einer Neunzigjährigen." In: Emrich, H. M. / Riedel, I. (Hg.): *Im Farbenkreis der Emotionen*. Königshausen Neumann, Würzburg 2003, 87 – 100.

Roth, G. / Strüber, N., *Wie das Gehirn die Seele macht*. Klett-Cotta, Stuttgart 2014.

Ruch, W. / Proyer, R. T., "Positive Interventionen. Stärkenorientierte Ansätze." In: Frank, R. (Hg.): *Therapieziel Wohlbefinden. Ressourcen aktivieren in der Psychotherapie*. 2., aktualisierte Aufl. Springer, Berlin/ Heidelberg 2011 (1. Aufl. 2007), 83 – 91.

Schiess, M., "Kämpfen oder vertrauen – sterben lernen." In: Kast, V. (Hg.): *Inspirationen für ein gutes Leben. Heil sein – heil werden*. Herder, Freiburg im Breisgau 2005, 187 – 195.

Schnabel, U., "Placebos. Die Medizin des Glaubens." In: *DIE ZEIT* 52, 19.12.2007, 43 f. http://pdf.zeit.de/2007/52/M-Glauben.pdf (Zugriff: 25.11.2015).

Schröder, R. A., "Alter Mann." In: *Alten Mannes Sommer*. Suhrkamp, Berlin 1947.

Seneca, L. A., *Philosophische Schriften. Bd. 2: De vita beata. Dialoge VII–XII*. Übers., eingel. und mit Anm. versehen von M. Rosenbach. Wissenschaftliche Buchgesellschaft, Darmstadt 1999.

Seneca, L. A., *Philosophische Schriften. Bd. 3: Ad Lucilium epistulae morales I–LXIX*. Übers., eingel. und mit Anm. versehen von M. Rosenbach. Wissenschaftliche Buchgesellschaft, Darmstadt 1999.

Shibata, T., *Du bist nie zu alt, um glücklich zu sein. Weisheiten einer Hundertjährigen*. Pendo, Munchen 2012.

Sin, N. L. / Lyubomirsky, S., "Enhancing well-being and alleviating depressive symptoms with Positive Psychology interventions. A practice-friendly meta-analysis." In: *Journal of Clinical Psychology in Session* 65.5, 2009, xy–xy.

Smith, J. / Baltes, P. B., "Altern aus psychologischer Perspektive. Trends und Profile im hohen Alter." In: Mayer, K. U. / Baltes, P. B. (Hg.): *Die Berliner Altersstudie*. Akademie Verlag, Berlin 1999, 221–250.

Sorkin, D. / Rook, K. S. et al., "Interpersonal control strivings and vulnerability to negative social exchanges in later life." In: *Psychology and Aging* 19, 2004, 555–564.

Staudinger, U. M., "Selbst und Persönlichkeit aus der Sicht der Lebensspannen-Psychologie." In: Greve, W. (Hg.): *Psychologie des Selbst*. Beltz / Psychologie-Verlags-Union, Weinheim 2000, 133–148.

Staudinger, U. M., et al., "Selbst, Persönlichkeit und Lebensgestaltung im Alter. Psychologische Widerstandsfähigkeit und Vulnerabilität." In: Mayer, K. U. / Baltes, P. (Hg.): *Die Berliner Altersstudie*. Akademie Verlag, Berlin 1999, 321–350.

Stone, A. A. et al., "A comparison of coping assessed by ecological momentary assessment and retrospective recall." In: *Journal of Personality and Social Psychology* 74, 1998, 1670–1680.

Weischedel, W., *Skeptische Ethik*. Suhrkamp, Frankfurt am Main 1980.

Williams, M., "The fear of death." In: *Journal of Analytical Psychology* 3, 1958, 157–165.